Né à Nancy en 1932, mais Parisien depuis la petite enfance, **Joseph Farnel** *est un touche-à-tout de la littérature, dont les écrits appellent à la tolérance entre les nations, les peuples et les religions. Auteur d'une quinzaine de livres dont* Un jour pour aimer, *mention spéciale au prix du Livre romantique de Cabourg,* Le Butin du Vatican, *prix 2011 du Lions Club.* La Ballade du petit Joseph *a été salué en 2007 par le Prix Lucien Dufils (Académie des Belles-Lettres du pays de Caux).*

La Ballade du petit Joseph

Du même auteur

Autres éditeurs

Crimes sur Cène
F comme flic, P comme privé
L'Homme du Mossad
Le bon Dieu sans confection
La Malédiction de Sarah
La Valse blanche
Le Butin du Vatican, prix 2011 du Lions Club
Le Voisin du dessus
Les Secrets du Mossad
Madame veuve Émilie
Only You. Seulement toi
Opération David : le Mossad en otage
Pour un geste de femme
Un jour pour aimer, mention spéciale au prix du Livre romantique de Cabourg

JOSEPH FARNEL

LA BALLADE DU PETIT JOSEPH

De Borée
Terre de poche

À Samuel et Adèle
Mes petits-enfants
qui portent le nom de mes parents

Préface

La Ballade du petit Joseph n'est pas seulement une histoire d'enfant plongé dans la guerre et ses drames, c'est aussi un conte merveilleux, semblable à ceux de notre enfance.

Merveilleux, il l'est à plusieurs titres. C'est d'abord un extraordinaire récit d'aventures, une parcelle singulière, unique, de la grande aventure tragique que fut la Seconde Guerre mondiale. Les livres, les films, les témoignages consacrés à cette période infiniment dramatique de notre histoire sont innombrables. Pourtant, il reste tellement à dire, à écrire, à témoigner. Car la guerre, événement paroxystique, demeurera toujours incommunicable à ceux qui ne l'ont pas vécue et subie. Elle agit comme un révélateur puissant de comportements humains qui, sans elle, auraient offert le visage lisse des existences banales. Sans elle, comment imaginer les noirceurs d'âme de cette concierge parisienne passant de l'obséquieux à l'odieux quand elle a mesuré la vulnérabilité soudaine de la famille de Joseph ou comment deviner la générosité de M. Painlevé ?

Enfant dans une famille résistante, j'ai pu, dans mon Artois natal, mesurer ces contrastes parfois inattendus qui existent à l'état latent et que seule l'épreuve peut révéler.

Surtout, il y a le plaisir contemporain qui fut le mien à l'évocation de la vie à la campagne. Elle nous fut largement commune même si le cadre et les circonstances furent différents.

La France d'alors était infiniment plus variée que la nôtre. Mais les similitudes l'emportent : le rythme des travaux et des saisons, la société rurale avec ses métiers, ses patois, ses traditions, ses fractures et ses solidarités. Mais la plus forte parenté n'est-elle pas constituée par la présence prégnante de la guerre, avec son cortège de peines et de pénuries, et surtout l'atmosphère permanente d'inquiétude et de peur ?

Par-delà la description imagée du petit peuple parisien d'avant-guerre et de la campagne limousine, des sociétés largement disparues aujourd'hui, il reste donc l'évocation d'un climat, celui de l'oppression. Pour Joseph et sa famille, elle est double : celle de la privation de liberté commune à tous les Français et celle, bien plus douloureuse, qui a trait à la persécution des Juifs. C'est un enfant doublement frappé dans sa condition de vaincu et dans celle de paria qui doit s'acharner à survivre. Mais comme c'est un enfant, jamais la tristesse ambiante, celle de la famille surtout, ne parvient à s'installer durablement. C'est ce que j'exprimais quand j'ai écrit mon propre témoignage :

> *On rit aussi pendant les guerres, un enfant, ça parvient toujours à passer entre les gouttes du malheur*[1].

Un autre aspect du merveilleux, c'est que cet optimisme, cet acharnement à survivre laissent espérer, deviner une fin heureuse, la famille réunie qui retrouve son foyer parisien et dont la joie personnelle se confond avec le bonheur collectif de la libération d'un peuple. Et qui peut même éprouver la satisfaction de se venger, bien faiblement du reste, des humiliations subies au temps de la proscription.

Il y a donc une impression de miracle qui entoure ce récit et son dénouement. L'amour de la patrie, l'engagement de ceux qui choisirent de résister et

1. Nous, nous ne verrons pas la fin – un enfant dans la guerre (1939-1945), *L. Mexandeau, éditions du Cherche-Midi, 2003.*

qui devinrent des justes confèrent à ce récit un éclat qui nous tient sous le charme.

Louis Mexandeau
Ancien ministre – Historien

I

JOSEPH VIENT D'AVOIR HUIT ANS.

Debout dans l'atelier de son père, près de la table de coupe où ce dernier officie, Joseph, rouge de colère et d'indignation, soutient une conversation animée avec un ouvrier pédalant sur sa machine à coudre.

La pièce est encombrée de quatre machines noires et luisantes dont la marque Singer écrite en lettres d'or entrelacées est éclairée par de petites lampes individuelles. Sur une étroite table, un immense fer à repasser est chauffé par la rangée de flammèches des brûleurs à gaz. D'une main ferme et puissante, l'ouvrier presseur soulève ce mastodonte et crache dessus pour évaluer la température. Habituellement, Joseph est fasciné par la goutte de salive qui rétrécit progressivement et se tortille jusqu'à complète évaporation. Aujourd'hui, il est bien trop absorbé par sa discussion.

Son contradicteur : un petit vieux à grosses lunettes, sans cheveux, dont le crâne s'orne d'un drôle de petit béret un peu pointu.

– Non, je ne suis pas juif, je suis français.

L'ancien le regarde, s'arrête de pédaler, redresse un peu la tête, ôte ses lunettes, les essuie avec un morceau de chiffon ramassé par terre et lui répond en dodelinant d'avant en arrière :

– Mais si, mais si. C'est vrai, tu es français.

Dans un souffle il ajoute :

– Mais tu es quand même juif.

Puis, remettant sa machine en route et sans cesser de se balancer, il grommelle avec son accent yiddish :

– Mais si, tu es juif, et si tu l'oublies, les goyim se chargeront de te le rappeler.

Assis sur des coupons de tissu, Joseph se lève d'un bond, tape du pied et, de rage, regarde son père qui, absorbé par son travail derrière l'épaisse table de chêne, ne dit rien.

– Mais, papa, dis-lui, toi, que je ne suis pas juif. Dis-lui.

Les yeux pleins de larmes du gamin implorent de l'aide.

– Tais-toi, Joseph. Laisse-nous travailler. Va jouer ailleurs.

Ébahi, le petit juif français regarde son père. Pourquoi ne le défend-il pas ? Il se souvient de certains propos antisémites entendus à la radio. Il a même vu dans les journaux des dessins représentant des Juifs avec un drôle de nez, de grandes oreilles poilues, assis sur des sacs débordant de pièces d'or.

À l'école, pendant la récréation, on joue maintenant aux Français contre les Juifs, et pas un qui veuille faire le Juif, il faut tirer au sort, comme naguère le voleur contre les gendarmes.

Deux larmes grosses comme des billes de verre remplissent les yeux interrogateurs. Son père ne le défend pas. Alors, ça doit être vrai.

Il pleure de solitude tout autant que d'incompréhension.

Tour à tour, il regarde le vieux à la calotte lui sourire gentiment, et son père qui, pour cacher son désarroi devant un tel chagrin, allume une cigarette et affûte consciencieusement ses ciseaux.

Ce Juif polonais de quarante ans, aux cheveux noirs ondulés sur un visage fin à la peau claire, a trouvé refuge en France et en a pris la nationalité. Ce patriarche aux petites épaules, mais au grand cœur, a les yeux tristes comme s'il pressentait le prochain malheur des siens. Né avec le siècle, il était le quatrième d'une famille qui ne compta pas moins de dix-huit enfants issus de la même femme. La Pologne et la Russie étaient alors de vastes réservoirs où les tribus d'Israël, lasses d'errer par le monde, prenaient un peu de repos. Elles n'y étaient que tolérées, jamais vraiment acceptées.

Parti de Varsovie, il a parcouru à pied une partie du monde. À quatorze ans, alors qu'éclatait la Première Guerre mondiale, il quitta le domicile de ses parents pour faire fortune. Mais il se trompa de direction et, en 1917, se retrouva à Moscou en pleine révolution. Le corps ceinturé de bandelettes dissimulant des milliers de pierres à briquet, il pensait s'enrichir ainsi, mais le typhus mit un terme à son trafic. Entre la vie et la mort durant de longues semaines, il eut à son réveil la surprise de retrouver son trésor intact. La peur de la contagion avait sans doute écarté les voleurs. À peine remis et ayant vendu son stock, il avait repris la route de Varsovie qu'il atteignit en 1919.

Fêté comme il se doit par ses nombreux frères et sœurs, il pensait pouvoir enfin se reposer quelque temps. C'était compter sans l'armée polonaise qui l'enrôla de force dans la cavalerie. Samuel, le père de Joseph, n'aimait ni les uniformes, ni les officiers, ni les chevaux. Il tint vingt et un jours avant de déserter. Marchant la nuit, dormant le jour, il parvint à Budapest d'où il prit un train jusqu'à Bucarest. Après avoir traversé la Bulgarie à pied, il eut la chance de trouver à Istanbul un cargo qui ralliait Beyrouth. Là, il loua les services d'un chameau et de son chamelier et fut intégré à une caravane. Enfin, épuisé, il arriva à Jaffa. Il avait quitté Varsovie depuis près de quinze mois.

Il ouvrit une échoppe de tailleur, métier que son père lui avait appris, rencontra et épousa Adèle, la mère du petit Joseph.

Adèle était née à Lodz où ses parents faisaient le commerce du bois. Mais son jeune frère ne supportait pas les hivers rigoureux de Pologne. Aussi, après avoir confié ses intérêts à un cousin, le grand-père maternel de Joseph tenta l'aventure de la Palestine au climat plus sec et alla y installer sa famille.

Par une chaude après-midi, Adèle entra dans la boutique de Samuel qui leva la tête au bruit des grelots de la porte. Assis derrière sa machine à coudre, il vit la jeune fille qui se tenait dans un rai de lumière. Tout de suite, il fut subjugué par ses immenses yeux noirs. Elle parla, il n'entendit rien. Il ne vit que le mouvement de ses lèvres et le dessin de sa bouche. Elle avait revêtu ce jour-là un costume de Bédouine, et le foulard brodé entouré d'anneaux d'or qui lui enserrait la tête brillait sous les feux du soleil. Samuel était cloué à son siège et ne pouvait bouger. La jeune fille le fixa un instant, écarta le rideau de bambou, prête à sortir. Mû alors comme par un ressort, Samuel jaillit de derrière sa machine et insista pour l'accompagner jusque chez elle. Trois mois plus tard, ils échangeaient l'anneau nuptial sous le dais traditionnel. Les boucles brunes de la jeune mariée s'échappaient en cascades de sa coiffe de dentelle blanche, accentuant son regard de braise. Sans la quitter des yeux, d'un coup de talon énergique, Samuel cassa le verre non moins traditionnel. Les invités entonnèrent le *Mazel tov*, chant chargé d'espoir. Adèle et Samuel venaient de s'unir devant Dieu et devant les hommes.

Après avoir réuni assez d'argent pour payer leur passage sur le bateau et avoir reçu la bénédiction du père d'Adèle qui, lui, avec sa famille, retournaient à Lodz, ils partirent pour la France. Samuel avait vingt-quatre ans et Adèle dix-sept lorsqu'ils s'installèrent à Paris.

Ils furent rapidement trois ; Anna, la sœur du petit Joseph étant née. La vie était dure et le travail rare. Le père ayant trouvé à s'y employer, c'est à Nancy que naquirent Charles – premier rejeton mâle –, puis Joseph. Ils regagnèrent ensuite la capitale, rue de la Douane, près de la place de la République où Henri vit le jour. La famille affichait désormais complet.

Pour lors, vieilli sans le savoir de six mille ans d'histoire et de traditions, le petit Joseph court se réfugier dans sa chambre. Il la partage avec ses deux frères qui, heureusement, ne sont pas là. Il se dirige vers le miroir, au-dessus de la cheminée, grimpe sur les deux gros coussins pour se mettre à hauteur, s'appuie du coude sur le Godin dont le tuyau s'engouffre dans l'âtre, et se regarde pour voir quelle tête il a maintenant. Dame, tout à l'heure il était français, maintenant, en plus il est juif. Inquiet, il scrute son visage, fait des grimaces pour ressembler aux caricatures des journaux. Gonfle les joues, tire sur ses oreilles, ouvre de grands yeux. Rien n'a changé. Il a beau regarder, il ne voit rien.

Enfin assuré que rien n'est inscrit sur son visage, qu'il peut garder son secret pour lui, qu'il jouera demain dans la cour de récréation avec ses camarades sans avoir à faire le Juif, il se jette sur le lit, enfonce sa tête sous l'oreiller.

À huit ans, on a déjà des souvenirs. Les yeux clos bien qu'éveillé, les poings fermés, il se revoit sur les épaules de son père, au milieu d'une marée humaine.

II

JUIN 1936.

Une manifestation s'est formée place de la République pour célébrer la victoire du Front populaire. Les ouvriers vont enfin pouvoir s'arrêter de trimer pendant quinze jours sans pour autant perdre leur salaire. La semaine de quarante heures de travail va leur permettre de rentrer chez eux plus tôt, et leur laisser plus de temps pour se consacrer à l'éducation de leurs enfants. Mais la victoire n'est pas encore totale, beaucoup d'usines, de bureaux, de magasins sont toujours occupés par des ouvriers, des employés qui ne veulent pas se faire voler leur victoire.

Tout cela, Joseph l'ignore, il est trop petit. Juché haut sur les épaules de son père qui tient Charles d'une main ferme, il regarde la foule qui s'agite autour d'eux. Les manifestants se regroupent par affinités. Une délégation de vendeuses des grands magasins, reconnaissables à leur uniforme, entoure un groupe de chanteurs des rues, tapant des mains, scandant du pied la musique. La manifestation tient plus du bal populaire que du défilé politique. Pour l'instant, les chanteurs esquintent joliment une ritournelle de Tino Rossi, *Marinella*. Joseph la connaît bien pour l'avoir entendue sur la *tessef* de Radio-Paris ; lui aussi tape des mains. « Allez, vas-y, Mimi, danse ! » Du groupe des vendeuses, une petite blonde pétillante aux yeux bleus est propulsée face aux croque-notes qui, maintenant, braillent dans l'espoir de se faire entendre.

Et toute seule, acclamée par les manifestants, encouragée par ses collègues, Mimi fait la toupie. Cette gréviste de vingt ans, venue tout droit de sa Bretagne natale, sortie de son école de religieuses patronnée par un saint que des cardinaux au ventre rond ont canonisé, oublie la coiffe de dentelle de son enfance, la cornette de bonne sœur qu'elle aurait sans doute portée si elle avait persévéré dans la voie tracée d'avance pour elle par des bourgeois bien-pensants et hypocrites. Pour lors, elle tourne, virevolte comme le faisait Esméralda sur le parvis de Notre-Dame, sous les yeux énamourés de Quasimodo. Les badauds s'agglutinent autour de cette reine d'un jour.

Canotier de paille, mouchoir noué autour du cou, une espèce de « gigolpince » aux épaules carrées fend la foule. Une gueule à la Douglas Fairbanks, des moustaches rectilignes et des yeux rigolards, ce Fred Astaire du musette enlace Mimi sans un mot et la fait tourner à l'envers comme à l'endroit. À la fin de la danse, le Casanova des faubourgs plaque un baiser sur la bouche de la grisette qui s'enfuit toute rougissante vers ses amies, tandis que le rigolard, jambes écartées au milieu de la piste improvisée, se bat les flancs de plaisir. Le petit Joseph est joyeux, il s'amuse. Sans le savoir, il assiste à un chapitre de l'histoire qu'apprendront plus tard à l'école les enfants de son âge.

Cependant, du boulevard Magenta monte un grondement.

– V'là les ch'minots ! s'écrie un gamin. Sont avec les ch'timis du Nord. En a ben une centaine.

Joseph demande à son père de s'approcher pour qu'il puisse voir de plus près. Le trio prend position sur le trottoir devant la caserne de la garde républicaine. La lourde porte cochère est fermée, les chevaux à l'écurie tandis que les cavaliers astiquent leur casque doré en attendant que tout soit terminé pour parader devant les nouveaux représentants du peuple. Pour le moment, ce n'est pas la République qui défile, mais des ouvriers en quête de justice.

Les voilà, les mineurs, les houillers du Nord. Ils avancent en traînant les pieds, raclant le pavé de leurs godillots comme ils raclent les galeries enfouies sous la terre. Sur le front, la lampe de la mine. Sur cent fronts, autant de lampes allumées forment une masse de lumière ondulant au rythme de leur marche. Les yeux brillants sont entourés de rides au sein desquelles le charbon a incrusté sa poussière. Tatouage indélébile gravé par leur vie dans les veines charbonneuses du sous-sol de France. Français, Polonais, immigrés de tous les horizons, les gueules noires font tranquillement la révolution, avec à l'épaule la musette contenant la gamelle préparée à la maison. Ils rentreront chez eux ce soir, dormiront sur les bancs de la gare du Nord, car ils ne sont pas assez riches pour se payer l'hôtel. En attendant, ils marchent, ils raclent, ils toussent l'anthracite, ils éclairent la République en la balisant de leurs loupiotes.

Beaucoup plus nombreux, des cheminots descendent des gares du Nord et de l'Est, rejoints par les grévistes d'autres gares. Lunettes de protection sur la casquette, mouchoir à carreaux noué autour du cou, le visage ridé comme les rails du chemin de fer, le mégot fiché au coin des lèvres, des centaines de Jean Gabin, en quête de république, marchent, l'utopie au cœur.

Toujours perché sur les épaules de son père, Joseph essaie en vain de lire les banderoles.

La manifestation est ceinturée d'un service

d'ordre composé d'hommes munis de brassards. L'un d'eux s'approche :

– Hé, p'tit, si tu vois des camelots du roi du haut de ta citadelle, préviens-nous !

– Oui, m'sieur.

– Merci, gamin.

Le petit Joseph s'adressa alors à son frère :

– Dis, Charles, c'est quoi, les « cazelots » ?

– Non, des « camelots ».

Charles prend l'air docte et ennuyé du grand frère qui doit tout expliquer au petit.

– Des camelots, c'est des méchants comme on voit dans les illustrés, avec une grande épée et une vilaine tête. Y font peur.

Joseph n'écoute déjà plus, il cherche des camelots dans la marée qui s'étale devant lui. Fatigué de le porter, son père le dépose à terre malgré ses protestations. Comment pourra-t-il maintenant voir des « cazelots » ?

Un marchand de ballons passe près d'eux. Joseph et Charles supplient leur père. Hélas ! Les temps sont durs et l'argent rare. Pas de dépenses inutiles. Ils pleurent un peu. L'homme aux ballons, ventripotent, barbu, chapeau melon vissé sur le crâne, s'approche d'eux.

– Ça vous f'rait plaisir, les minots ?

– Peux pas, dit Samuel. Pas de sous.

– Pas d'sous ! Mais qui te d'mande tes sous, camarade ? Aujourd'hui, c'est gratos, rapport au Front popu. Y a pas d'riches. Y a pas d'pauvres. Mais y a des ballons pour les moutards, comme si c'était des gnards de princes. Allez, ch'napans, tendez vos mains que j'vous y attache un zeppelin ; qu'y s'envole pas.

Samuel fouille dans sa poche pour lui donner une pièce. Il ne sera pas dit qu'il fait la mendicité pour donner du plaisir à ses fils.

– Cherche pas, mon compère. J'suis plus riche que toi, et les 5 sous qu'tu m'donnerais m'enrichiraient pas davantage.

– Merci, m'sieur, disent les enfants.

– Pas m'sieur. Momo, le roi des montgolfières.

– Merci, m'sieur Momo, dit Joseph, les yeux rivés sur son beau ballon rouge.

Le père tire de son gilet une montre gousset dont le couvercle s'ouvre d'une pression du pouce. Le petit Joseph est fasciné par cet oignon de métal blanc, au point qu'il en oublie presque son ballon tout neuf. Admiratif, il regarde son père ouvrir le boîtier et lire l'heure. Joseph sait que, quand il sera grand, il en aura tout plein, des montres, dans toutes ses poches, et qu'il lira l'heure quand il le voudra.

– Allez, les enfants, il est 4 heures. Maman va gronder si on ne rentre pas goûter.

L'escalier menant au quatrième est raide, pourtant les gosses le grimpent en courant et tambourinent à la porte, réclamant à grands cris leur « quatre heures », tandis que le père monte lourdement les marches, la tête emplie de problèmes ; dix jours déjà qu'il n'a pas de travail, ses maigres économies fondent petit à petit. Il va être l'heure d'aller à la gare de Lyon pour porter les valises des riches et essayer de grappiller quelques sous. Quatre enfants à nourrir, ça coûte. Heureusement qu'on est en été, les vêtements et les chaussures sont moins chers. Adèle aussi cherche du travail ; de temps en temps, elle rapporte du repassage que lui confie la blanchisserie du coin. Anna, qui a maintenant dix ans, l'aide. Pendant que les deux garçons dévorent à pleines dents une épaisse tranche de pain chichement tartinée de confiture faite à la maison, et qu'Henri s'agite au fond de son lit, Samuel allume la grosse radio en se préparant à passer la nuit comme porteur. Peut-être que, malgré les grèves, quelques trains circuleront. Surtout les trains de nuit au départ de Paris-Lyon, avec des wagons-lits occupés par des voyageurs aux bagages multiples qui vont à Nice pour la belle saison, regarder le Front populaire du fond de leur transat.

À la TSF, Mistinguett chante ses belles gambettes, suivie de Ray Ventura et ses Collégiens clamant bien haut à madame la marquise que tout va très bien. En s'habillant, Samuel marque du pied la cadence de ce fox-trot à la française. Puis le speaker donne quelques nouvelles des grèves. Il rappelle que le 19, Joe Louis, le boxeur noir américain, s'est fait battre par K-O à la douzième reprise, par l'Allemand Max Schmeling, et que ce même jour ont éclaté en Palestine des troubles très importants entre la population arabe et la population juive. Le speaker continue : le *Queen Mary*, principal concurrent du paquebot *Normandie*, détenteur du Ruban bleu, prépare…

Samuel a éteint la radio, il pense à Jaffa où il a connu Adèle, embrasse ses enfants et part avec sa musette à l'épaule.

III

TOUJOURS RECROQUEVILLÉ SUR SON LIT, le petit Joseph pense à un autre anniversaire, celui de ses cinq ans.

*   *
*

17 mai 1937.

Adèle, sa mère, a le sourire des jours heureux, celui qu'il aime par-dessus tout. Elle dépose sur la table un immense strudel confectionné en son honneur. Le sucre saupoudré sur le gâteau a pris la couleur de la pâte dorée. Gonflée de petits morceaux de pomme cuite, de raisins de Corinthe, d'amandes écrasées et de poudre de cannelle, la pâtisserie embaume toute la pièce.

Les yeux brillants de plaisir, Joseph mord à pleines dents dans le morceau que lui tend sa mère, puis il va se percher sur les genoux de son père.

Depuis l'an dernier, la vie est devenue moins dure. Samuel a trouvé du travail à domicile et, aidé par Adèle, ils ont loué un petit atelier où ils passent les trois quarts de la journée à piquer à la machine. Certes, ce n'est pas l'opulence, mais au moins, les enfants ont des chaussures neuves. Bien sûr, Joseph « finit » toujours les vêtements de Charles qui grandit, et s'ils sont encore en état, Henri en héritera. On se souvient trop des années difficiles pour dépenser sans compter le fruit des seize heures de travail que Samuel fait chaque jour. La semaine de quarante heures, gagnée l'an passé par les travailleurs, ne concerne pas les artisans à domicile. Samuel travaille depuis l'âge de douze ans. Malgré sa nationalité française, il sait que son intégration est fragile. Son histoire, c'est la peur des pogroms, du déferlement des gentils dans les villages et les quartiers juifs. C'est le cosaque au regard haineux qui veut le passer par le fil de l'épée qu'il tient de la main droite, tandis que de la gauche, il brandit un symbole religieux censé lui donner bonne conscience. Samuel ne veut plus que sa famille ait faim. Il a le courage silencieux de ceux dont le sacrifice n'est pas récompensé par une médaille, mais par les joues roses de quatre enfants. Son Verdun, c'est son atelier ; son fusil, sa machine à coudre ; sa troupe, sa famille. Il est chef de guerre, instructeur, infirmier, pasteur, guide. Il est le chef de famille.

Joseph ne pense pas à mettre en doute l'autorité de son père, bien au contraire, et ses préoccupations sont ailleurs. Pour le moment, il s'active à défaire le nœud de la ficelle qui entoure le volumineux paquet qu'on vient de lui offrir. Pourquoi faut-il que cette ficelle soit aussi serrée ? C'est énervant. Il trépigne d'impatience et tente de l'arracher au risque de détériorer le contenu. Samuel vient à son secours et, d'un coup sec, coupe le lien avec son petit canif. Joseph déchire le papier et découvre, sur une boîte, une magnifique photo du paquebot *Normandie*, facilement reconnaissable à ses trois cheminées. Le *Normandie*, nouveau détenteur, depuis le 5 avril 1937, du fameux Ruban bleu qui récompense la traversée la plus rapide de l'Atlantique. Rival du *Queen Mary*, le transatlantique avait poussé ses 160 000 chevaux au maximum. Ça souquait ferme dans la salle des machines, tandis que dans la somptueuse salle de bal, des messieurs en smoking enlaçaient des femmes parées de leurs plus beaux atours, et dont les bijoux auraient suffi à nourrir plusieurs années une famille d'ouvrier marin. Quand, le 5 avril, les distingués voyageurs avaient débarqué, des journalistes de tous horizons étaient là pour les mitrailler d'éclairs de magnésium, immortalisant ainsi leur exploit. Mais aucun reporter ne pensa à descendre dans les soutes pour photographier un marin nettoyant sa machine, comme le lad panse sa monture après un long galop. Ces hommes aux yeux brillants de la fièvre de leur performance, aux mains huileuses, au visage brûlé par les projections des machines, aux vêtements crasseux de mazout, aux yeux incrustés du mélange de sueur et de saleté, avaient été oubliés purement et simplement ! Pas assez photogénique, le travail ! Les journaux ne montraient que la photo des couples célèbres descendant la passerelle sous les bravos des spectateurs, pas celle de cet ouvrier de la mer s'épongeant le front d'un chiffon huileux, satisfait du travail accompli.

Joseph fait maintenant rouler son *Normandie* sur le parquet ciré. Il tire la ficelle et entraîne les quatre roues de bois sur les lames disjointes. Trop absorbé, il n'a pas entendu sa mère lui dire que, en plus de son cadeau, ils iront tous ensemble, le prochain dimanche, visiter l'Exposition universelle.

* *
*

La foule des Parisiens a déserté tous les quartiers de Paris, à l'exception d'un seul. Les transports en commun sont pris d'assaut. On y va à pied, à vélo, en tandem, à moto, en bus, en auto, en taxi. En groupe, seul, en famille, en couple, en amoureux, on se rue à l'Exposition. Le ciel est bleu, pas un nuage.

C'est la fête, c'est l'Expo. On s'y est préparé depuis longtemps. Comme pour un mariage. Les filles ont lavé et bouclé leurs cheveux sur lesquels elles ont piqué un bibi, enfilé des robes en tissu fleuri, gainé – si elles le peuvent – leurs jambes de soie. Les hommes ont gominé leurs cheveux. Les canotiers, les chapeaux mous, rivalisent avec les casquettes plus nombreuses. Certains ont le costume-gilet et la cravate, d'autres le maillot de corps à manches courtes, bien serré, pour mettre en valeur leurs biceps.

Aujourd'hui, sur la colline de Chaillot, c'est l'ouverture officielle de l'Exposition universelle qui a pour thème « Arts et techniques du temps présent ».

Samuel a hélé un taxi place de la République. La famille s'engouffre dans la grosse Renault. Samuel à l'avant, près du chauffeur, Adèle tenant Henri sur les genoux, à l'arrière, avec Anna assise bien sagement près d'elle, tandis que Charles et Joseph sont debout sur la banquette, la tête et les bras dehors par le toit ouvrant.

– À l'Expo, dit Samuel avec fierté, et en passant par les Grands Boulevards.

– C'est parti, mon prince, dit le Russe blanc du G7.

Le parcours des Grands Boulevards fait déjà partie de la fête. La famille l'emprunte comme une voie triomphale, tout comme l'aurait fait César après l'une de ses victoires, sur l'allée de la gloire à Rome. Le vent fouette le visage des deux frères – on roule au moins à quarante à l'heure – et fait perler à leurs cils des larmes qu'ils essuient rapidement. Les héros, ça ne pleure pas. Laissant derrière eux la Bastille et son Génie, les Grands Boulevards, artère populaire, canalisent le flot de la circulation de la République à l'Opéra, jusqu'à la Madeleine. Après, les ouvriers n'osent pas trop s'aventurer, les terrasses sont identiques, mais les boissons diffèrent. Ici, on boit l'anisette ; là-bas, le Martini Dry.

Face au café Balthazar, le théâtre de l'Ambigu clignote de cent lumières. Une énorme affiche peinte à la main annonce pour bientôt « le Fou chantant » – Charles Trenet –, avec son chapeau posé à l'arrière de sa tête et une fleur à la main, roulant de grands yeux de poète sur sa route enchantée. Puis la rue descend tandis que les trottoirs s'élèvent jusqu'à se transformer en balcons, comme si la chaussée s'enfonçait dans la terre, au-dessous du niveau de la mer.

Une fois passé le théâtre de la porte Saint-Martin, le taxi s'immobilise au feu rouge, devant le théâtre de la Renaissance où Sacha Guitry joue les dernières représentations du *Mot de Cambronne.*

– Je l'connais, moi, son mot, dit le chauffeur du G7. Merde ! C'est vert, dit-il en démarrant.

– Tiens, voilà la porte Saint-Martin, annonce Samuel aux enfants en désignant le monument.

Joseph cherche une porte, ne la trouve pas ; le taxi roule trop vite. On traverse le « Sébasto » à toute allure pour découvrir le jumeau de l'Arc de triomphe.

– Et voilà la porte Saint-Denis !

Joseph ne trouve toujours pas. Il hausse les épaules.

– Des fois, pense-t-il, les grands ont de drôles d'idées.

Sur la gauche, la librairie Gibert Jeune a baissé ses rideaux pour cause de repos hebdomadaire. Boulevard Bonne-Nouvelle, Saint-Martin, Saint-Denis, Montmartre, la féerie continue. Déjà, les cafés ont installé leurs terrasses, et les nuiteux du samedi soir essaient de se désembrumer l'esprit en noyant leur cuite dans un café arrosé de calva du pays, tandis que les lève-tôt du dimanche trempent une tartine beurrée dans un grand bol de café crème tout fumant.

À gauche encore, le Rex. Cinéma mythique au fronton duquel est inscrit : « La plus grande salle d'Europe » présente l'inoubliable film de Renoir, *La Grande Illusion* où le populo Jean Gabin, l'aristo Pierre Fresnay, le Prussien Erich von Stroheim et le Juif Dalio finissent par s'entendre, se comprendre et s'aimer ; la voilà la grande illusion !

Les cinémas défilent sous les yeux éblouis des deux gamins. Charles qui, lui, sait bien lire, annonce le titre des films. Sacha Guitry, encore lui, dans *Le Roman d'un tricheur*. Jean Gabin à l'affiche dans *Pépé le Moko*. Charlie Chaplin dans… Charles n'a pas eu le temps de lire le titre, mais le petit Joseph bat des mains, il a reconnu la silhouette légendaire de Charlot. Il bat aussi des mains en reconnaissant la mâchoire chevaline de Fernandel sur une autre affiche.

De la musique ! Ça vient du café *La Maxéville* où l'orchestre de femmes est déjà au travail. À côté, un autre orchestre, une autre musique s'échappe d'un établissement dont le nom est tout une philosophie, *Le tout va bien*.

La circulation s'intensifie, on roule moins vite. Tant mieux, on peut voir plus à l'aise. Les magasins sont fermés, mais les camelots ont envahi les trottoirs. Baraques de fête foraine où « à tous les coups l'on gagne » soit un lot, soit 1/10° de la Loterie nationale, dont une affichette en garantit l'authenticité. Délicieux stands où les pommes d'amour enrobées de sucre chaud au ton de miel voisinent avec les nougats multicolores de toutes les formes. Bonimenteur avec son parapluie déployé d'où sortent des cravates de fausse soierie aux dessins agressifs. Gouaille du « bonneteau » dont la dextérité à cacher l'as de cœur est diabolique, et qu'alimentent sans cesse les gogos en quête de chance, entraînés par les « barons », toujours les premiers à jouer. L'homme fort, en gilet de corps à bretelles montrant ses pectoraux qui, du matin jusqu'au soir, soulève des haltères, les moustaches gauloises jaunies par le tabac, les yeux clairs et les cheveux en houppette, attend que des pièces tombent sur son tapis rouge avant de faire la démonstration de sa force.

À côté, ça pétarade à 40 centimes la balle tirée par un lebel de foire. Ça crépite comme à Verdun. Le chemin des Dames en goguette sur les Grands Boulevards. « Tir de précision », annonce une affichette. Revolver à six coups, toujours à 40 centimes la balle. La vendeuse, une brunette aux yeux noisette, les cheveux tirés en arrière se terminant par un flot de bouclettes sur la nuque, le sourire angélique, explique le fonctionnement de la carabine à un tireur. Ce dernier, un jeune ouvrier d'une vingtaine d'années, apprend gaiement le maniement des armes. La guerre, il ne l'a pas connue. Il en a entendu parler chez lui, par son père revenu miraculeusement indemne, au bout de quatre ans de souffrances. Il apprend à glisser une balle dans le fusil, à appuyer sur la détente pour l'envoyer sur la cible.

On passe devant le musée Grévin fondé par un caricaturiste de génie répondant au prénom d'Alfred. Plutôt que par le musée, Joseph est attiré par la dame ronde coiffée d'un sombrero de paille claire agrémenté de fleurs rouges. Un boléro de satin cramoisi sur une robe noire au corsage fleuri, lui aussi, d'un immense camélia en tissu flamboyant, termine le simulacre de costume andalou. Cette Ibérienne de la rue de Madrid, au cœur de Paris, chante, accompagnée par un accordéoniste dont le ventre proéminent sert de pupitre et de soutien au piano à bretelles. L'ouvrier de la gamme étire son soufflet pour en extraire une plainte qu'il voudrait musicale. Lui-même ferme les yeux, rêvant à Chopin qu'il n'a jamais tutoyé. Un mégot est collé sur sa lèvre inférieure, tandis que la supérieure s'écarte pour grimacer un sourire, découvrant le vide laissé par les dents qui l'ont quitté, lassées de vivre la vie qu'il leur faisait mener.

Le double menton agressif et tremblotant, la chanteuse esquinte allègrement un paso doble qu'elle achève au pas de charge, battant l'accordéoniste au poteau, de plusieurs portées. Ils terminent sous les applaudissements discrets des clients à la terrasse du café voisin, lesquels n'ont aucune envie de mettre la main à la poche pour la soprano minable. Quelques-uns y vont pourtant de leur obole, pensant ainsi contribuer au soutien des républicains espagnols en guerre.

L'Opéra marque la frontière entre deux mondes qu'isole l'un de l'autre, tel un no man's land, le boulevard des Italiens. À partir de là commence une autre manière de vivre. Les gens paraissent mieux habillés, parlent un français truffé d'anglicismes. Au comptoir, le petit noir coûte trois fois plus cher, mais la tasse est plus jolie et le sucre enveloppé. Le week-end, on va à Deauville, aux bains de mer, tandis que la foule des Grands Boulevards va au bois de Boulogne prendre l'air, allongée sur les pelouses interdites. À partir de l'Opéra, on ne prend pas ses congés payés, on part en croisière, le plus souvent au départ de Nice. Et ces hommes en costume rayé trois-pièces, portant cravate aux couleurs d'un collège anglais où ils n'ont jamais mis les pieds, ces hommes dont la seule gloire est d'être nés après leur père ou leur grand-père, ou un aïeul encore plus lointain, ces hommes aujourd'hui se pavanent entre les tables du café de la Paix – à l'angle de la place de l'Opéra – en quête d'une demi-mondaine habillée comme une bourgeoise, mais dont les dessous affriolants justifieront le gros billet qui passera du portefeuille en croco au faux sac Chanel.

Face au café de la Paix, à l'autre angle du boulevard, Joseph remarque le manège d'un grand monsieur en habit de soirée et haut-de-forme. Chaussures cirées, tels des miroirs, et guêtres claires, il sert en gants blancs des cacahuètes qu'il met dans des cornets. Il y a foule devant ce quidam endimanché. Sa virtuosité et sa préciosité font l'admiration de ses clients qui paient plus cher la graine d'arachide de l'Opéra que la cacahuète de la « Répu ».

La Renault s'engage boulevard de la Madeleine et est arrêtée par la circulation devant l'église du même nom. Concert d'avertisseurs, cacophonie de klaxons en tout genre ; invectives de tous styles, rien n'y fait. Pas même le sifflet rageur de l'agent de police qui agite avec fureur son bâton blanc. Paris, Ville lumière, mais dans la cacophonie.

Et devant eux apparaît dans toute sa splendeur la place de la Concorde. Les pavés recouvrent la terre imprégnée du sang de Louis XVI, à jamais mélangé à celui des victimes anonymes de la Terreur et de l'échafaud d'un certain Guillotin dressé alors en permanence. Peu importait que les têtes fussent nobles ou roturières, pourvu qu'elles tombent à la grande satisfaction de la foule.

Le G7 emprunte le pont qui enjambe la Seine, et c'est le Palais-Bourbon.

– Voilà la Chambre des députés, dit Samuel.

– C'est pas une chambre, c'est un dortoir. Y

foutent rien là-d'dans, dit le Russe en mettant sa flèche à droite.

Quai d'Orsay, puis quai Branly, et la tour Eiffel à cinquante mètres. Tête levée, Joseph n'en revient pas.

– Ce qu'elle est haute !

IV

La famille est sous la tour Eiffel et pointe le nez en l'air, sauf Henri, trop petit pour comprendre. Du haut de ses deux cent quatre-vingt-treize mètres, la dame de fer accueille les premiers visiteurs qui se rendent à l'Expo. Coquette en dépit de ses cinquante ans, la vieille dame – ainsi l'appellent familièrement les Parisiens – domine le nouveau palais de Chaillot en habit de fête. La Seine méandre devant elle comme pour la séduire. Goguenard d'avoir la tête aussi haute, Paris cligne de l'œil sous le soleil printanier qui éclaire cette midinette en dentelle.

Les haut-parleurs diffusent *La Petite Femme de l'Expo* que chante Maurice Chevalier, reprise par les chanteurs des rues, dont les comparses ont déjà inscrit l'air à leur répertoire.

Il y a foule sous les jambes de la plus grande des Parisiennes, et pourtant les autobus continuent de déverser des flots de visiteurs qui viennent grossir la multitude.

Les marchands de gaufres, de crème glacée, sont pris d'assaut par une ribambelle de gamins qui tendent, surexcités, leur pièce de 5 sous.

Samuel a pris Henri dans un bras et de l'autre tient fermement Anna, tandis qu'Adèle serre les mains de Charles et Joseph. Ils n'osent pas bouger, craignant de se perdre. Poussés par la marée humaine, ils se dirigent vers l'Expo.

À la sortie du pont, Samuel s'arrête net, comme écrasé par la fatalité. Affermissant la position d'Henri, il écrase la main d'Anna qui le lui fait remarquer.

– Regarde, Adèle, regarde !

Du menton, il lui désigne, à gauche, le pavillon de l'URSS et, lui faisant face, celui de l'Allemagne hitlérienne. Ironie du destin ! D'un côté le régime qu'il a fui, de l'autre le régime nazi, fier déjà de ses hauts lieux culturels : Dachau, Sachsenhausen, Lichtenburg qui est un camp de femmes et enfin Buchenwald encadré par mille cinq cents SS des « escadrons de la mort », dont le chef Heinrich Himmler s'enorgueillit des résultats qu'il obtient, à la satisfaction de son Führer. Ceux qui fuient l'Allemagne racontent la montée de la violence mais personne ne peut ni ne veut y croire. « Comment, dans un pays civilisé, de si terribles choses ?

C'est impossible ! » C'est le langage du bon sens ou de la diplomatie qui craint de déplaire à Hitler. Des incrédules, des coutumiers du « ça n'a pas de sens », de ceux qui s'en foutent parce que ça ne se passe pas chez eux, pas dans leur chair ni dans leur sang. Des xénophobes de tout poil qui rendent les minorités responsables de leurs malheurs, de leur incompétence, de leurs échecs, de leurs infortunes professionnelles ou conjugales, et qui les leur font payer à coups de crime, face à la lâcheté et au laxisme du monde qui s'en moque du moment qu'on ne vient pas déféquer dans sa cour.

Un travailleur de l'industrie brandissant un marteau, et une jeune paysanne tenant haut sa faucille ; l'immense statue du couple soviétique projette son ombre sur le paradis de la nouvelle société de consommation, mais elle cache les nombreuses crevasses où croupissent les soi-disant ennemis du régime.

Riposte pour riposte, défi pour défi. Dans un dramatique face-à-face, l'aigle hitlérien, les ailes à demi déployées, tient entre ses serres l'emblème nazi et toise le reste du monde sur lequel il a d'ores et déjà jeté son dévolu.

Il fait beau, le temps n'est pas à la crainte, mais à la joie. L'Expo vient d'ouvrir ses portes, il faut vivre, s'amuser. On verra bien demain.

Pourtant Samuel, lui, sait. Il a dans sa mémoire

les mauvais traitements infligés à son peuple. Il a fui, mais il sent poindre une autre menace sur sa tribu. Elle campe aux frontières du pays qui l'a accueilli et qu'il aime. Il sent se lézarder l'univers qu'il s'est bâti. Il a peur.

Adèle pose une main sur son bras et lui dit doucement :

– Viens, Samuel. Ne reste pas ici.

Il sursaute. Il ne s'est passé qu'une minute, pourtant toute sa vie a défilé devant lui. Sa vie passée, mais aussi future.

Les enfants aussi ont perçu l'importance du moment. Eux non plus n'ont pas bougé. Joseph regarde tour à tour son père, sa mère. Il respire la sourde menace qui a un instant pesé sur sa famille. Mais maintenant, la vie reprend le dessus et c'est lui qui entraîne le groupe vers la baraque d'un marchand de souvenirs.

Cravate à carreaux, blazer bleu à gros boutons dorés, les vendeurs portent aussi une haute casquette blanche galonnée par trois fois d'un ruban marine et décorée d'un écusson aux ailes déployées de l'aviation française. Ils ont fière allure et attirent les badauds par leur faconde. Charles et Joseph se sont échappés des mains d'Adèle et trépignent devant l'éventaire constellé de milliers d'objets magiques. Des tours Eiffel de toutes les grandeurs et de toutes les couleurs. Des écrins exhibant des broches rutilantes frappées de l'inscription « Expo 37 ». Des mouchoirs brodés, des boîtes d'allumettes, des crayons, des porte-plumes et des bouteilles de parfum en forme de tour Eiffel, des bagues, des boucles d'oreilles, des peignes, des foulards, des ballons… La caverne d'Ali Baba, revue et corrigée de l'Exposition internationale des arts et techniques dans la vie moderne à Paris en 1937, subjugue les deux garçons qui aimeraient bien tout emporter.

Le ticket d'entrée à 6 francs donne droit au parc d'attraction vers lequel se dirige maintenant la famille, non sans s'arrêter un instant sur la place du Trocadéro pour embrasser d'un seul coup d'œil le panorama majestueux. Les architectes ont créé le plus beau balcon de Paris. La halte est courte car les enfants sont impatients d'aller à la fête. Véritable kermesse populaire sur fond sonore des flonflons dispensés par les musiques et fanfares qui s'entrecroisent. Tumulte des parades foraines appuyé par les haut-parleurs des bonimenteurs. Fracas du *scenic railway* à peine couvert par les cris apeurés de ses passagers. Hurlement de la foule qui applaudit les intrépides apprentis parachutistes qui se jettent dans le vide.

Ils sont là tous les six, ne sachant plus où donner des yeux, des oreilles, et même des narines accrochées par les odeurs du marchand de saucisses, du vendeur de nouilles à la sauce tomate à 40 sous la portion.

Un banc libre, la famille s'y précipite. Adèle sort les sandwichs qu'elle a eu la précaution d'emporter, et Samuel revient avec une bouteille de citronnade.

Depuis quelques instants, Adèle lorgne vers une baraque légèrement en retrait. Tout en bois décoré d'arabesques compliquées. Au centre, une porte-fenêtre drapée de rideaux multicolores, et sur le côté une longue liste que Joseph ne peut lire. Charles supplée à la déficience de son jeune frère.

– Mme Niska. Voyante-médium hindoue.

– Qu'est-ce que c'est ? questionne Joseph, la bouche pleine.

Feignant d'ignorer la question de son frère, Charles continue. Lui non plus ne sait pas, comment pourrait-il expliquer ?

– Mme Niska est une véritable voyante. Une adepte de grand symbole indien Adda Nari.

Charles lit lentement. Joseph arrête de mâchonner et regarde tour à tour la baraque mystérieuse et son frère.

– Une clientèle nombreuse a suivi ses conseils depuis plusieurs années et lui en est reconnaissante.

Anna aussi écoute, et c'est elle qui poursuit la lecture du panneau que Charles a du mal à déchiffrer.

– Mme Niska a le pouvoir de remonter les plus déprimés. Sa morale honnête, ses maximes saines vous convaincront.

Adèle est très intéressée par ce qu'elle entend tandis que Samuel, en se moquant, allume une gauloise.

– Elle vous aidera à surmonter les difficultés de la vie, hélas trop courte pour la gaspiller. Consultez Mme Niska, vous serez fort dans l'adversité.

Petite, maigrichonne, sans le moindre maquillage, le nez fin et long sur un visage émacié, Mme Niska, un châle brodé de fils brillants sur les épaules, fume une cigarette longue sur le pas de sa porte.

N'y tenant plus, Adèle se lève, va échanger quelques mots avec la voyante, et revient vers Samuel. Trois francs, c'est cher, mais elle a tellement envie de savoir !

Joseph regarde sa maman ; elle est si jolie dans son tailleur blanc gansé de bleu, et son chapeau lui va si bien. Il ne comprend pas ce que ses parents se disent, mais il sourit quand elle sourit en prenant les pièces que lui tend Samuel qui, lui aussi, sourit d'un air entendu.

La porte de la cabane se referme et la voyante tire le rideau pour s'isoler avec sa cliente du reste du monde. Le mobilier est simple, et le luxe du tapis de soie recouvrant la table surprend Adèle. D'un côté, une boule de cristal brillante ; de l'autre, une coupelle de bronze dans laquelle se consument de mystérieuses pierres noircies qui répandent une odeur sucrée. Aux murs, quelques gravures très colorées entourées de caractères hindous. Une photo en plein centre représente la diseuse de bonne aventure en compagnie de moines tibétains.

Madame Niska s'assied dans l'unique fauteuil et désigne à Adèle la chaise, face à elle.

– Asseyez-vous, ma p'tite dame. Ne soyez pas timide.

– Je ne suis pas timide mais c'est la première fois.

Et elle s'installe au bord de sa chaise, le dos bien droit, les jambes serrées, les mains sur les genoux.

– Ici, on paye d'avance.

Adèle ouvre son poing serré et tend les trois pièces de 1 franc.

– Bon, on peut commencer.

La voyante approche devant elle une boule de cristal. Ses mains font quelques passes sur la sphère brillante, elle marmonne des incantations incompréhensibles. Adèle voit bouger les lèvres de la femme mais n'entend aucun son. Est-ce la magie du lieu ? Il lui semble que tout s'assombrit autour d'elle et que la boule devient presque incandescente. Le regard rivé aux mains de la Circé qui cernent le cristal d'une sarabande diabolique, elle n'ose relever la tête. Madame Niska ouvre une petite boîte en ivoire sertie de cabochons rouges, prélève une pincée de poudre qu'elle jette sur les braises. Aussitôt, une épaisse fumée s'élève et serpente jusqu'au plafond. D'une autre boîte, identique mais sertie d'émeraudes, elle prélève à nouveau une pincée de poudre et la fumée qui s'élève alors, plus légère et verte, emplit toute la pièce.

Adèle montre des signes d'impatience, s'agite sur sa chaise. Madame Niska relève la tête en la foudroyant d'un regard glacé. Adèle, maintenant, est inquiète.

– Vous êtes originaire d'un pays étranger.

Adèle fait la moue ; avec son accent, ce n'est pas difficile à trouver !

– Vous êtes partie pour aller vers un pays de soleil où vous avez rencontré l'amour.

Là, Mme Niska marque un point. Adèle ouvre grand les yeux, attendant la suite.

– Vous avez eu des moments difficiles.

– Comme tout le monde. Le travail était rare et la crise…

– Tss-tss, persifle la voyante afin de faire taire sa cliente. Vous avez quatre enfants.

Si la femme médium est observatrice et sait compter, elle a pu les dénombrer sur le banc, à même pas dix mètres de sa baraque.

– Vous n'êtes pas catholique, peut-être juive.

Adèle ne peut tromper personne, elle a la beauté du type judéo-polonais.

– Il y a autour de vous comme une nappe de brouillard qui vous angoisse. Vous ne parvenez pas, malgré votre calme apparent, à trouver la sérénité, et dans le fond de vous-même vous avez peur.

Si l'on est juif en 1937, il suffit de lire les nouvelles en provenance d'Allemagne pour être effrayé et, jusqu'à présent, l'extralucide n'a pas fait la démonstration d'un sens divinatoire aigu, sauf bien sûr sur le chapitre de sa rencontre avec Samuel en Palestine. Ce point a suffisamment troublé Adèle pour qu'elle en attende davantage de la diseuse de bonne aventure, et justement :

– Ça y est, le brouillard se déchire, je vois…

Madame Niska se pince les lèvres qui en deviennent toutes blêmes ; son regard s'attarde un instant sur le fin visage d'Adèle qui, à son tour maintenant, la fixe intensément. Elle veut savoir, elle sait que la voyante a vu.

– Alors, que voyez-vous ?

– Rien. Je ne vois rien.

– C'est faux, vous ne voulez pas me le dire. Pourquoi ? C'est si terrible ?

– Mais non. Puisque je vous le dis.

Adèle fouille fébrilement dans son sac et lui tend une pièce de 1 franc.

– Tenez, je n'ai pas plus. Je vous en supplie, dites-moi la vérité.

Madame Niska s'empare prestement de l'argent, recommence des signes cabalistiques sur la boule de cristal.

– Écoutez, ma p'tite dame. Tout le monde peut se tromper, une voyante honnête aussi. Pourtant, je vois dans la boule la même chose que tout à l'heure. Vous courez avec toute votre famille pourchassée par je ne sais qui ni quoi. Vous tombez, vous vous relevez. Je vois des privations, du sang tout autour de vous. Mais vous, votre mari et vos enfants, vous restez debout. Je ne comprends pas, je ne sais pas, je ne veux pas savoir. Tenez, je vous rends votre pièce. Je préfère. Au r'voir, ma p'tite dame, et bonne chance.

Abasourdie, Adèle se retrouve dehors. Madame Niska a refermé la porte sur elle pour rester seule face à sa boule de cristal porteuse de mauvaises nouvelles. Les mains posées sur la sphère, elle ferme les yeux. C'est bien la première fois qu'elle a vu autre chose que le reflet de la lampe sur la surface polie. C'est vrai qu'elle a vu, en train de déjeuner sur le banc, ces gens heureux simplement d'être ensemble. Elle les a revus dans sa boule, environnés de flammes qui ne pouvaient les atteindre mais brûlaient tout ce qui était autour d'eux. Madame Niska s'est sentie incapable de raconter à sa jolie cliente ce qu'elle voyait de son avenir. Surprise elle-même de sa voyance, elle sort s'asseoir sur la chaise de jardin devant la baraque, pour fumer une cigarette longue, en espérant que cela la calmera.

Le soleil maintenant haut fait cligner les yeux d'Adèle. Sur le banc, la famille est là qui l'attend. Troublée, elle parvient pourtant à sourire. Elle tient toujours dans sa main la pièce de 1 franc.

– Allez, les garçons, je vous paie un tour de manège.

Charles et Joseph, chacun dans un avion à commande individuelle, font monter et plonger leur coucou à l'aide du manche à balai.

– Je suis un z'aviateur, crie Joseph.

– Et moi je suis Mermoz.

– Qui c'est Mermoz ?

– C'est le champion du monde des aviateurs.

Du haut du ciel qu'il a tant de fois affronté, celui que le monde avait surnommé l'« Archange » doit sourire à l'oraison funèbre prononcée par les deux gamins.

Mais il faut redescendre sur terre, une pièce de 1 franc ne permet pas beaucoup de tours. On passe très vite devant le charmeur de serpents qui effraie Anna. On applaudit aux facéties du singe, compagnon du joueur d'orgue de Barbarie. On s'extasie au palais de la lumière devant l'immense décor de soixante mètres sur dix relatant l'histoire de l'électricité, gardé par les plus grands disjoncteurs du monde : 500 000 volts.

Puis on va en Palestine, au pavillon d'Israël. Samuel l'a repéré sur le plan et dirige son petit monde. Les enfants ne sont guère enthousiastes, mais pour Samuel et Adèle, cela représente une sorte de pèlerinage.

Bien qu'une guerre, qui ne veut pas dire son nom, ait commencé entre Juifs et Arabes, en raison de la naissance, sous la houlette de Théodore Herzl, d'un mouvement en faveur de l'établissement d'un État juif, les antagonistes semblent s'entendre à l'intérieur de ce pavillon aux murs blancs où sont exposés les produits de la terre, les tissus, les plats martelés, ciselés, les poteries façonnées par la main de l'homme sous un ciel tant convoité et au nom duquel tant de combats ont déjà eu lieu.

Qu'importe, pour l'instant, l'heure est à l'évocation de doux souvenirs, et le couple, main dans la main, s'arrête devant chaque ustensile, chaque bibelot, chaque plante à l'odeur si particulière. Les parchemins recouverts d'écriture hébraïque voisinent avec de superbes tapis de prières. Les objets du culte cohabitent pacifiquement, dans la plus parfaite tolérance.

Furtivement, Adèle essuie une larme, serre un peu plus fort la main de son mari.

– Viens, les enfants s'ennuient. Après tout, cette fête est pour eux.

Il y a trop de choses à voir. Les pavillons se succèdent, chacun avec le cachet spécifique de son pays, sans que les visiteurs puissent reprendre leur souffle.

Visions futuristes et de science-fiction se mélangent dans l'esprit du petit Joseph qui, sans trop comprendre, est subjugué par cette débauche de lumières, de formes. Mais la famille sera particulièrement troublée, et même les enfants demeureront silencieux devant l'immense toile peinte par Pablo Picasso qu'abrite le pavillon espagnol : Guernica, évocation tragique du drame vécu par l'Espagne.

27 avril 1937, l'aviation allemande au service des nationalistes de la légion Condor bombarde la ville sainte du Pays basque espagnol. Guernica y Luno voit soustraire de sa population deux mille habitants, deux mille victimes, deux mille martyrs, deux mille hommes, femmes, enfants, dont le seul crime était de se trouver sur le théâtre de ce tragique événement. Deux mille crimes perpétrés par une soldatesque avide de puissance, par un régime qui veut imposer son idéologie par la force. Deux mille morts sur une population de huit mille personnes. Le quart d'une ville gît dans l'horreur des décombres des immeubles calcinés. L'enfer pour gagner le « paradis » nationaliste.

Pablo Picasso a peint l'horreur. Pas d'hémoglobine sur la toile, que la détresse et la douleur des victimes, un hurlement désespéré contre la guerre. La plainte lancinante de la mère, son enfant mort dans les bras, protégée par le taureau, symbole de l'invincibilité espagnole. Corps déchiquetés, sectionnés, trouant les murs. Visages écrasés, déchirés de stupeur et de souffrance par un instantané de folie meurtrière. Souffrances des hommes et des animaux mêlés. Horreur éclairée par un plafonnier blanc qu'on ne pourra plus jamais éteindre. Lumière crue qui aurait dû illuminer le monde mais n'éclaire que le désespoir.

Joseph est un petit garçon, mais jamais il n'oubliera ce tableau qui, malheureusement, aurait pu symboliser d'autres drames.

V

Il y a des portes partout, trop de portes. Joseph se perd dans ce vaste appartement et ne parvient à retrouver ses parents. Pourquoi changer, se dit-il, on était bien dans l'autre maison. De plus, celle-ci est toute vide, il n'y a même pas de lits pour dormir. Vraiment, Joseph n'est pas content et, de rage de s'être à nouveau perdu, il trépigne, crie, pleure, attirant ainsi l'attention de sa mère.

– Qu'y a-t-il ?

– Il y a que je n'aime pas cette maison, qu'elle est trop grande et que je préfère l'autre.

– Attends, tu n'as rien vu. Viens, je vais t'expliquer.

Elle l'entraîne dans une pièce. Tiens, tu vois, ici ce sera ta chambre, avec tes deux frères, juste à côté de la salle de bains. C'est là que tu feras ta toilette, tu n'auras plus besoin d'aller aux bains-douches municipaux. Joseph regarde avec surprise la grande baignoire toute blanche et tous les robinets brillants. C'est un événement dans la vie de la famille. Une salle de bains pour eux tout seuls. Quand les copains de l'école maternelle – non, attention, de la grande classe, car l'année prochaine il est prévu qu'il aille à la grande école de la rue Béranger –, quand les copains apprendront ça, ils voudront certainement la voir.

– Maman, mes copains pourront la voir ?

– Bien sûr.

Ce changement dans leur vie n'était pas le fait du hasard, mais du travail acharné de Samuel et d'Adèle. Devenu trop petit, l'atelier paternel avait élu domicile dans leur ancien appartement qu'il avait bien fallu remplacer.

Joseph maintenant se promène à travers les pièces vides. Ses pas résonnent sur le parquet bien ciré.

– Là, ce sera la chambre de ta sœur.

– Pour elle toute seule ?

– Oui, elle est grande maintenant. Elle a bientôt douze ans, et les filles et les garçons ne doivent pas dormir ensemble.

– Pourquoi ?

– Parce que… Tiens, voilà ton père, allons le rejoindre, dit Adèle, éludant du même coup les questions de Joseph.

La famille au grand complet envahit le nouvel

appartement le jour même de la proclamation de l'Anschluss, légalisant par une loi la réunification et l'annexion de l'Autriche par l'Allemagne, le 13 mars 1938. La veille, Hitler était entré dans Vienne après avoir franchi la frontière à Braun-am-Inn, sa ville natale.

Pendant que Hitler s'installe dans la capitale autrichienne, le petit Joseph range ses livres et ses jouets dans la chambre qu'il partage avec ses deux frères. Il est content, ce soir tout le monde sera à table à la même heure pour fêter le nouvel appartement.

La famille s'assied autour du dîner, même Henri est sur une chaise haute. Pourtant, malgré la joie que procure l'événement, Joseph sent bien que ni son père ni sa mère ne sont à leur aise. Lorsqu'il est arrivé, Samuel a montré à Adèle un journal. Elle a hoché la tête en pinçant les lèvres, puis ils sont allés au salon écouter les nouvelles à la grande TSF.

Joseph a entendu quelques mots comme « fascisme » ou « antisémitisme » que Samuel prononçait comme s'il s'agissait d'une maladie honteuse. Bien que le lendemain soit un lundi et qu'il y ait école, les enfants ont été autorisés à aller au salon pour écouter les variétés à la radio. Samuel et Adèle, eux, attendent avec inquiétude l'heure des informations sur Radio-Paris.

Tout cela trouble mais n'affecte pas la vie de

Joseph dont les problèmes se bornent à colorier les images de ses albums et, quand il fait beau, à aller jouer dans les allées du square du Temple, face à la mairie du 3e arrondissement. Les pelouses sont interdites, et c'est une véritable partie de cache-cache qui s'engage entre les gamins et le garde en uniforme. Ils n'ont pas de mal à semer ce vétéran de la guerre de 14-18. Rougeaud, moustachu et toujours en colère, il ne tient que sur une jambe. L'autre, il l'a laissée dans une tranchée de l'Est de la France. La République reconnaissante lui a fait plusieurs cadeaux : une belle décoration qu'il porte en breloque au revers de sa vareuse, une pension à vie, une jambe de bois plus une de rechange au cas où… et une amertume que le temps a convertie en irascibilité permanente. Ces galopins en culottes courtes, qui dévoilent leurs petites jambes musclées et détalent à son approche, le mettent dans un état furibond proche de l'apoplexie. Ne trouvent grâce à ses yeux que les bébés en poussette, enfouis sous leurs couvertures et dont on ne voit que la frimousse, et les veuves des vétérans de 14-18 à qui il fait volontiers la conversation, égrenant ses souvenirs d'une époque où il faisait meilleur vivre, oubliant qu'il avait alors vingt ans de moins et ses deux jambes.

Adèle travaillant toute la journée, c'est une dame qui accompagne les trois garçons au jardin. En général, elle se pose toujours au même endroit, près d'un tas de sable, là où on trouve des bancs gratuits mais, s'ils sont tous occupés, elle s'assied bon gré mal gré sur une chaise de fer payante.

Charlie, oui, maintenant c'est comme ça que Charles veut qu'on l'appelle. Ses copains l'appelaient Charlot. Lui, il n'aimait pas et comme il est costaud pour son âge, il a fini par imposer qu'on l'appelle Charlie, ainsi qu'il l'a lu sur des illustrés.

Alors Charlie, puisque maintenant c'est son nom, a ses copains avec qui il joue aux billes, mais Joseph n'est pas admis parmi les grands. Alors il fait rouler ses petites voitures sur les routes qu'il a creusées dans le sable tandis qu'Henri essaie de faire des pâtés. Mais, dès que la dame relâche son attention, il s'échappe pour courir avec d'autres gamins.

Un jour, en pleine course, Joseph s'arrête pile. Une grosse dame toute de noir vêtue et enfaîtée de plusieurs châles superposés se tient debout devant lui, les jambes écartées, mains sur les hanches. Les yeux levés au ciel, elle semble figée et arbore un sourire d'intense satisfaction. Joseph entend un écoulement comme d'un robinet grand ouvert. Il regarde autour de lui : rien. La matrone secoue ses jupons, fait un grand pas en avant et s'en va. Stupéfait, Joseph voit à sa place une mare. Il ne fait ni une ni deux, court vers le garde pour lui annoncer tout de go :

– M'sieur, v'nez voir, la grosse dame a pissé dans l'allée.

– Veux-tu partir, sale môme ? En v'là un malappris !

« C'est pas juste, pense Joseph. Quand moi je pisse au pied d'un arbre, on en fait toute une histoire, et aux grands on leur dit rien. »

De colère, il va le dire à son frère. Charlie est un garçon très costaud et avec lui tout s'arrange toujours.

– C'est où qu'elle a pissé, la dame ? Montre-moi.

Accompagné de ses amis, Charlie suit Joseph, tout excité à l'idée d'intéresser les grands.

– C'est là, dit-il en désignant la flaque.

– Ah bon.

Charlie jette un coup d'œil circulaire, le garde n'est pas en vue. Il déboutonne sa braguette et pisse à son tour, imité par ses copains.

– Tiens, Joseph, regarde. Maintenant ta mare est plus grande. Allez, laisse-nous tranquilles et va jouer avec Henri.

Aujourd'hui, c'est jeudi et comme chaque jeudi, Joseph n'a pas école. Tout serait normal si sa mère était partie travailler comme d'habitude.

Joseph la regarde avec admiration. Il la trouve belle malgré le fichu noir qui enserre ses cheveux foncés. Elle s'affaire dans la cuisine, tandis que la dame astique la maison comme s'il en allait de sa vie.

– Dis, maman, pourquoi tu vas pas travailler, pourquoi la dame elle m'emmène pas au jardin ?

– Je ne vais pas travailler parce que c'est bientôt *Pessah* (pâque juive), et que pour cette fête, la maison doit être très propre. Et Mireille, la dame comme tu dis, m'aide. De plus, samedi soir, tes grands-parents viennent dîner et il faut préparer tout un repas spécial. Tu verras, tu aimeras ce que je vais cuisiner.

Joseph fait celui qui comprend et retourne dans sa chambre. Charlie s'est habillé tout seul, il est grand, et en plus il a le droit d'aller rejoindre ses copains. Quant à Henri, il joue dans son lit en attendant qu'Anna veuille bien s'occuper de lui.

Mais l'après-midi lui réserve une surprise encore plus grande. Intrigué par un clapotis d'eau, il entre dans la salle de bains ; la baignoire est à moitié remplie, deux énormes poissons y nagent ! Les yeux écarquillés, Joseph croit rêver. Les deux carpes, dont les écailles scintillent sous la lumière électrique, vont d'un bout à l'autre sans s'arrêter, touchant à peine le bord que déjà elles se sont retournées pour une autre traversée.

Joseph n'a jamais rien vu de pareil. Il reste coi, planté tout droit à les regarder s'ébattre dans l'eau.

– Ben quoi, c'est des carpes. Y a pas de quoi en faire des histoires, dit Anna qui, à douze ans, doit être au courant.

– Et puis les carpes, c'est pas dangereux, et c'est

bon à manger, ajoute Charlie qui, lui aussi, doit savoir.

– Des possons, des possons, dit Henri, j'veux des possons.

Et il met les mains dans l'eau, espérant en attraper un.

Chassés par Anna, les garçons sortent de la salle de bains. La cuisine offre un autre spectacle et qui sent bon.

– Qu'est-ce que tu fais, maman ?

– Je prépare le foie haché pour samedi.

– J'peux goûter ?

– Si tu veux.

– C'est pas bon !

– Bien sûr, ce n'est pas terminé.

Déçu, Joseph retourne dans sa chambre. Tout le reste de la journée, il rend de fréquentes visites aux carpes qui, inlassablement, continuent leur marathon dans la baignoire.

Le lendemain, Joseph est réveillé par des bruits d'eau et par les murmures d'énervement d'Adèle qui se bat avec les carpes pour les sortir de la baignoire. Il a rêvé qu'il nageait au milieu des poissons. Il sortait de cette piscine improvisée sans être mouillé. Il était grand, tellement grand qu'il tenait à peine dans la salle de bains. Maintenant le calme est revenu et les seuls bruits qu'il entend proviennent de la cuisine. Il se rendort pour être à nouveau réveillé, par Mireille cette fois. Il est 7 h 30, il ne peut être en retard à l'école. Il se précipite dans la salle de bains : horreur ! La baignoire est vide.

– Maman, maman ! Les poissons sont partis. Ils sont passés par le trou de la baignoire.

Sur la table de la cuisine, les deux carpes sont découpées en tranches régulières et sanguinolentes. Joseph en a le souffle coupé. Ce n'est pas possible, pas ses poissons. Car dans son esprit, les carpes étaient devenues siennes. Il a joué avec elles, rêvé d'elles. Il est indigné, malheureux. Ses joues se gonflent tant sa respiration devient difficile. Soudain, c'est le déluge. Des torrents de larmes jaillissent, il hoquette de douleur, essayant en vain de parler, d'exprimer son désarroi. Il regarde tour à tour les poissons, puis sa mère qu'il n'aime plus. C'est la responsable. Il claque la porte et se réfugie en pleurant sur son lit.

– Pourquoi tu pleures ? demande Charlie.

– Les poissons sont morts. Maman les a découpés.

– Normal, c'est pour manger à Pâques.

– Je m'en fous. J'en mangerai pas.

– Comme tu voudras.

– J'veux un posson, clame Henri.

– Oh ! Tais-toi ou j'te casse la gueule.

– Taisez-vous, tous les deux, j'ai une compo et je veux réviser, s'écrie Charlie en ouvrant un livre.

Et il se détourne pour essuyer furtivement une larme ; quand on est l'aîné, on ne pleure pas devant ses petits frères.

* *
*

En cette chaude soirée de printemps, la nuit n'était pas encore tombée. Les fenêtres de la grande salle à manger sont largement ouvertes et Adèle a dressé une table somptueuse. Sur le fauteuil, en bout de table, un coussin brodé de fils d'or et d'argent, recouvert d'inscriptions hébraïques, a été posé. « C'est la place de grand-père », a dit Adèle. Et Joseph de penser : « Si on lui met un oreiller, c'est parce qu'il est petit. » Devant l'aïeul ont été disposés cinq gobelets en argent et une jolie carafe remplie de vin. Il y a aussi un plat, également d'argent ciselé, qui, curieusement, a quatre niveaux. En haut sont posées six petites assiettes. Une contenant un os grillé avec un peu de viande, le *Zeraua*, rappelant le sacrifice de l'agneau pascal. Une autre pour un œuf dur rôti, le *Betsa*, craquelant de toutes parts. Une autre encore pour le *Maraur*, qui est fait d'herbes amères, a dit Adèle. La quatrième coupe présente le *Haraussett*, mélange de pommes fruits, d'amandes écrasées et d'épices macérées dans du vin rouge ; le *Haraussett* rappelle l'argile avec laquelle les ancêtres du petit Joseph fabriquaient le mortier utilisé pour construire les maisons des Égyptiens qui les retenaient en esclavage. Sur la cinquième, quelques radis, un peu de persil : le *Carpass* rappelle le maigre repas des esclaves juifs. Dans la sixième enfin, de l'eau salée, la *Memela'h*, en souvenir des larmes versées dans la servitude, où l'on trempe les radis. Sur chacun des trois autres étages, une serviette de dentelle entoure un *matsot* (pain azyme) symbolisant le pain de misère. Et deux chandeliers qui, s'il fait encore jour, ne serviront à rien, pense Joseph.

Il va à la cuisine où les odeurs sont si appétissantes, mais il est refoulé par Anna : « Les hommes, au salon ! » Joseph est fier d'être considéré comme un grand, il va donc rejoindre son père et Charlie.

Ce sont les parents de Samuel qu'on attend, ceux d'Adèle sont restés en Pologne. Trop vieux pour s'exposer à un nouveau déracinement, malgré l'insistance de leur fille, ils ont choisi de finir leur vie dans leur *schtetl* (village). Avec les bruits de bottes qui martèlent le sol de l'Europe, Adèle craint de ne jamais les revoir. La lecture des journaux, en yiddish ou en polonais, n'incite pas à l'optimisme, et si on parle beaucoup d'une possible guerre, on écrit aussi sur les horreurs des pogroms, sur la misère morale et physique dans laquelle se trouvent, là-bas, les Juifs face à l'antisémitisme viscéral des

Polonais. La relation des crimes, des spoliations, des vexations de toutes sortes, remplit les colonnes de ces journaux. Le monde regarde sans bouger. Il a déjà la guerre d'Espagne sur le dos, les Brigades internationales qui y combattent sont les porte-parole des démocrates unis contre le fascisme. L'antisémitisme, on verra plus tard, quand on aura bouté Franco et ses alliés allemands et italiens hors d'Espagne. Adèle sait que s'il y a un après, il sera trop tard et c'est pourquoi elle tient à recevoir dignement les parents de son mari. C'est comme si, à travers eux, elle honorait les siens. Ni elle ni Samuel ne sont des juifs pratiquants, mais ils sont respectueux d'une tradition plusieurs fois millénaire.

* *
*

Pour eux, ces fêtes n'ont qu'un seul but : réunir la famille sous un même toit et marquer les étapes de la croissance de leurs enfants. Adèle a préparé le repas selon l'enseignement de sa mère qui, elle-même, avait tout appris de sa propre mère. Adèle a nettoyé la maison, chassé le *Hametz*[1]. La famille

1. *Tout aliment à base de céréales : blé, orge, avoine, seigle, épeautre.*

peut maintenant se réunir et fêter la fin de l'esclavage du peuple juif, ainsi que son départ d'Égypte vers la Terre promise.

Enfin on sonne. Samuel va ouvrir. Ce sont eux, pépé et mémé, personnages de légende pour le petit garçon. Un petit bonhomme rondelet, perpétuellement habillé de noir et coiffé d'un chapeau de même couleur, qu'il n'ôte jamais. Pommettes roses et moustache imposante qui pique quand il embrasse Joseph. Tout concourt à faire de cet aimable grand-père l'image type du bon-papa. Pourtant le regard de ce papi devient dur quand il mesure le chemin parcouru. Né à Varsovie, malgré les problèmes liés à la condition des Juifs en Pologne, il a pu mener une existence libre de tout souci matériel. Le grand-père était riche à l'époque. Riche parce qu'il avait beaucoup travaillé, riche parce que, intelligent, il avait su mener ses affaires. Et, maintenant, pauvre pour avoir fui sans rien emporter d'autre que sa peau, abandonnant tout aux Polonais qui lui reprochaient sa réussite et convoitaient ses biens. Samuel l'avait fait venir en France et depuis, grâce à son expérience, il avait remonté la pente, ses affaires allaient bien.

Mais pour Joseph, la légende est différente. Par deux fois, son pépé est allé aux Amériques pour tenter d'y installer sa famille. Le jeune garçon imagine son grand-père en butte aux Indiens, pourchassé par les méchants cow-boys. Souvent il lui demande de raconter l'Amérique, mais le grand-père, qui ne comprend ni ne parle le français, rit et répond par une phrase en yiddish, langue que Joseph ne comprend pas. Et puis il y a l'histoire du service militaire qu'il n'a pas fait, trop petit de la valeur de trois feuilles de papier à cigarette. Joseph imagine le papi sous la toise et les feuilles de papier Job qu'on glisse sur sa tête. Enfin, il y a sur son gilet cette grosse chaîne qui retient une montre magnifique. Joseph passerait des heures à la regarder. Parfois, grand-père lui permet de l'ouvrir, quel bonheur !

Grand-mère a passé sa vie à porter et mettre au monde des enfants, dix-huit en tout. Si le corps accuse toutes ses grossesses, le visage est resté jeune. Une abondante chevelure blanche souligne ses yeux noirs et encadre des traits fins, sans rides, une bouche toujours souriante. Joseph ne comprend pas forcément ce qu'elle dit, mais il aime l'écouter tant sa voix est douce.

Grand-père ne s'assied pas sur le coussin brodé, il s'en sert pour caler son dos. Puis il s'accoude en signe de confort et de bien-être pour exprimer sa joie de vivre en liberté. Joseph, qui n'a jamais le droit de mettre les coudes sur la table, pense : « C'est sans doute permis aux grands-pères. »

Le visage encadré d'un merveilleux foulard en

dentelle brodé par sa mère qui le lui a donné à son départ de Palestine, Adèle allume les deux chandeliers. Joseph est de nouveau intrigué ; d'habitude, on allume les bougies la nuit, ou quand les plombs ont sauté. Maintenant, il fait encore jour ! Mais Adèle est si jolie sous sa coiffe de dentelle tandis que ses mains dessinent des arabesques au-dessus des flammes et qu'elle récite une prière. Les lumières dansantes éclairent son visage. Les yeux mi-clos, elle implore Dieu de protéger sa famille. Et si Dieu est un esthète, si sa miséricorde est réellement infinie, il ne peut qu'être touché par la grâce de cette femme, de cette mère appelant par ses gestes lents et harmonieux, par sa prière, la bienveillance de l'Éternel.

Grand-père récite le *kidouch* (bénédiction) et Adèle lui présente une petite cuvette remplie d'eau dans laquelle il trempe ses doigts qu'il essuie à l'aide de la serviette que lui tend sa belle-fille. Décidément curieux, pense Joseph, il pourrait se laver les mains dans la salle de bains, comme tout le monde. Mais il est dit que cette soirée ne sera en rien comme les autres.

Grand-père trempe alors les radis dans l'eau salée et les distribue à l'assistance puis il prend la *matsa* du milieu, la partage en deux, enveloppe un morceau dans la serviette qu'il jette sur son épaule et quitte la pièce, figurant par là la sortie d'Égypte.

Cependant que Samuel dit aux enfants que celui qui trouvera ce trésor après le repas aura une récompense.

Grand-père revient à table, soulève le plat à quatre étages et récite une prière. Joseph est perplexe, sa curiosité est exacerbée par ces rites inhabituels.

– Dis, grand-père, pourquoi cette soirée est différente de toutes les autres soirées ?

L'aïeul lui répond par un grand sourire. Sans le savoir, Joseph a posé la question rituelle. Celle que tous les enfants doivent poser pendant les Pâques. Pourquoi manger du pain non levé ? Pourquoi des herbes amères ? Pourquoi tremper les aliments dans l'eau salée et dans le mortier ? Pourquoi ? Pour fêter le passage de l'asservissement à la liberté ! Pour nous souvenir à jamais de la traversée du désert par le peuple dont tu es issu. Pour que tous tes actes te mènent toujours vers la Terre promise.

– Écoutez, dit grand-père aux enfants, je vais vous raconter l'histoire de la sortie d'Égypte.

Le récit en yiddish, traduit simultanément par Samuel, est enchanteur. Joseph ne comprend pas tout mais s'émerveille de cette fabuleuse odyssée. Il imagine Moïse, encore bébé, voguant dans son panier sur le Nil et recueilli par la fille de Pharaon. Il souffre de la narration de l'esclavage.

Il est ébloui par les flammes du buisson ardent. Il se réjouit de la transformation du bâton en serpent.

Il applaudit enfin lorsque Pharaon accorde aux Juifs la liberté après la dixième plaie d'Égypte. Il marche avec ce peuple qui chante sa délivrance. Il tape des mains quand la mer s'ouvre pour lui laisser le passage. Il souffre de la faim en même temps que lui. Il rejette le Veau d'or pour accueillir avec joie les Tables de la Loi que Moïse descend du Sinaï.

Adèle sert le repas. Joseph est tellement impressionné par l'histoire qu'il vient d'entendre qu'il en oublie sa promesse de ne pas manger le poisson. Charlie le lui rappellera plus tard. En attendant, le même Charlie s'esquive pour aller chercher la *matsa* cachée. À cette occasion, tous les enfants reçoivent une jolie piécette brillante.

– Charlie, va ouvrir la porte au prophète Élie !

– Soyez le bienvenu, disent les grands.

Joseph est surpris. On n'a pas sonné. Il attend. Personne n'entre. Dérouté, il interroge sa mère.

– À *Sédère*[1], il y a toujours une place libre à table pour le prophète ou pour un pauvre malheureux qui n'a rien. Ce soir, tout le monde doit manger des plats traditionnels et se réjouir. Personne ne doit avoir faim ou rester seul.

* *
*

1. *Nom donné à la soirée et au rituel de Pâques.*

Quelques jours plus tard, en rentrant de l'école, Joseph eut la surprise, alors que normalement sa mère était censée être à son travail, de la trouver dans le salon, prenant le thé en compagnie d'une dame.

– Joseph, viens ici que je te présente ta cousine.

Joseph s'approche, étonné d'avoir une cousine aussi grande alors que celles qu'il connaît ont à peu près son âge. Il s'avance timidement. Elle est très jolie, brune aux yeux verts flamboyants. Elle le prend dans ses bras et l'embrasse sur les deux joues. Joseph rougit, ne sait plus où se mettre, ce qui la met en joie.

– Elle s'appelle Frida. Elle est la fille d'un frère de ton grand-père. Elle est donc ta grande cousine.

Joseph ignorait qu'on pouvait avoir de grandes et de petites cousines. Il se sauve en courant tandis que les deux femmes rient en le voyant rougir de nouveau. Ce fut au dîner qui suivit que Samuel raconta l'histoire de sa cousine.

– Votre grand-père a un frère, plus jeune que lui, qui vit à Berlin, en Allemagne. Le seul de la famille à avoir pu faire des études. Il était, avant l'arrivée de Hitler, membre du gouvernement. Depuis, suite à l'interdiction pour les Juifs d'occuper des postes importants, il a été écarté de la vie politique. Il était très riche et, heureusement, il a réussi à envoyer son argent en Suisse, où il vit maintenant. C'est d'ailleurs là que Frida se rend où elle va se marier avec un diplomate suisse. N'ayant pu obtenir de visa pour s'y rendre directement, elle passe par la France où les facilités pour aller dans ce petit pays sont meilleures.

Joseph ne comprend pas tout, mais son regard ne quitte pas un seul instant Frida qu'il trouve si jolie. Il semble que son père aussi la trouve très jolie, ce qui rend Adèle un peu jalouse sans pour autant qu'elle lui fasse grise mine. Au contraire, elle est très gentille avec elle. Les deux femmes ont l'air de sympathiser. Frida va l'aider à la cuisine et on peut les entendre rire sans donner d'explications à Samuel qui demande le pourquoi de cette hilarité.

– Tu vois, Samuel, tu devrais toi aussi envisager de quitter la France, car si les Allemands envahissent la France, ils appliqueront, j'en suis certaine, les mêmes lois antisémites que Hitler a fait promulguer en Allemagne.

– La vie est si dure que ça, là-bas ?

– Tu ne peux pas t'imaginer sans l'avoir vécu toi-même.

– Comment partir ? Ici nous sommes heureux. Je suis français. D'accord naturalisé, mais français tout de même.

– Nous aussi, nous étions allemands et tu vois, nous sommes partis.

– Vous avez de l'argent.

– Je crois que même sans argent, nous aurions tout fait pour quitter Berlin. Il existe des organisations qui aident ceux qui n'en ont pas les moyens et qui désirent fuir ce pays antisémite. Les Juifs sont en danger.

– Ils vont où ?

– En Palestine, en Suisse, en Amérique du Nord ou du Sud. Pars, Samuel, tant qu'il est encore temps. Si tu veux, en attendant que tu t'organises pour le départ, je prends tes enfants en Suisse. Il y a de bonnes écoles. Nous sommes riches, cela ne pose aucun problème.

Joseph regarde son père. D'un côté, il aimerait bien aller en Suisse avec sa si jolie cousine, mais de l'autre côté, il a peur d'être séparé de ses parents, et lorsque Samuel refusa, il se sentit soulagé tout en le regrettant un tout petit peu.

Frida ne resta que deux jours. Elle partit en laissant derrière elle son parfum, sa coquetterie, sa gentillesse et sa beauté. Joseph la regretta.

* *
*

Le 17 mai 1938, il ne s'est rien passé de spécial. Le petit Joseph a reçu de son père sept coups de pied au derrière. Cette « punition » n'est rien d'autre qu'une tradition familiale : un coup par an d'âge, plus un pour l'année à venir, ce qui doit, en principe, porter bonheur.

La famille au grand complet s'engouffre dans la Juvaquatre flambant neuve, fleuron des usines Renault. Cette merveille peut rouler à cent kilomètres à l'heure. Un bolide bleu foncé tapissé à l'intérieur de velours gris. Un véritable voyage s'amorce. On va à Brunoy, au 18 rue des Acacias, près de la forêt de Sénart, tout ça grâce au grand-père qui vient d'acheter une propriété. La famille était parisienne, elle sera aussi brunoysienne.

La veille, Hitler a promulgué un ordre de renforcement des armées de terre et de l'air ainsi que la fortification des frontières de l'Ouest.

Il n'est pas tout à fait midi lorsqu'on ouvre le grand portail de fer pour laisser passer la voiture. Il fait si beau que grand-mère a dressé une table à l'ombre des arbres, devant la maison. Il y a aussi trois autres habitations plus petites.

Joseph et Charlie courent déjà dans les allées en compagnie de leurs cousins arrivés avant eux. À la fin du déjeuner, comme le veut la coutume, grand-père prend le plus jeune de ses petits-enfants, Henri en l'occurrence, et lui fait planter un arbre, un pêcher, en signe de continuité.

* *

*

Les vacances scolaires sont arrivées. Samuel et Adèle sont restés à Paris pour travailler, et les enfants, accompagnés de Mireille, sont à Brunoy dont ils occupent une des trois petites maisons. Les autres sont habitées par les oncles et tantes, et surtout par les cousins.

Toute la marmaille est dans le potager. Chacun s'affaire sur un rang de pommes de terre qu'il débarrasse de ses hôtes indésirables, les doryphores. C'est un concours, celui qui en rapportera le plus à grand-père aura droit à un tour supplémentaire chez Gervaise. Ah ! Gervaise, la porte du paradis pour les enfants. Petite guinguette face à la forêt de Sénart et près de la pyramide de Brunoy. Vélodrome miniature en plein air où, pour quelques sous, on peut faire des tours de piste sur des engins hétéroclites. Vélos loufoques par leur conception, bicycles à roues carrées, tricycles à roues de diamètres différents. Joseph préfère le kart à pédales qui permet d'atteindre des vitesses folles.

Pour pénétrer sur ce sacro-saint circuit, il faut donner des sous à un grand bonhomme efflanqué ; en échange, il vous remet des anneaux de bois et, à chaque tour, il faut s'arrêter et lui en rendre un. On roule jusqu'à épuisement de son trésor, et gare à celui qui veut resquiller. Ce diable d'épouvantail à longues jambes vous rattrape toujours et vous pénalise d'un anneau.

Et tandis que les Allemands instaurent une carte d'identité spéciale pour les Juifs, Joseph tourne sur ses vélos baroques, se prenant pour le vainqueur du Tour de France, l'Italien Gino Bartali.

Roule, Joseph, sur ta bécane à roues carrées, le monde roule de même. Années folles d'avant la guerre que chacun voit arriver sans intervenir, essayant de conserver un bonheur de vivre qui tremble sur ses fondations. Roule, petit Joseph, tu es à l'âge où l'on rêve aux exploits sur des vélos de clowns.

* *
*

Le 1er octobre 1938, les troupes allemandes entrent sur le territoire des Sudètes. Le même jour, Joseph entre pour la première fois dans la grande école de garçons, rue Béranger.

Fini le tablier galonné de couleur porté à l'école maternelle, voici venue l'ère de la blouse grise. Stricte, mais avec des poches. Culottes courtes en grosse flanelle, grise elle aussi. Chaussettes montantes et galoches de cuir bien cirées pour faire bonne impression. Joseph a les cheveux fraîchement coupés et a refusé de porter le béret. Un sac en bandoulière complète la panoplie du parfait écolier de la grande école. Le cartable est rempli d'accessoires neufs pour bien démarrer ce nouveau cycle : un plumier en bois et à glissière, décoré de canards multicolores, un crayon noir bien taillé, une gomme pour effacer les bêtises – à deux côtés, un pour l'encre, un pour la mine de plomb –, un porte-plume en os sculpté avec, au centre, un œilleton au travers duquel on voit la tour Eiffel, un porte-crayon d'ardoise en métal et à bague coulissante, une règle en bois de section carrée dont les quatre côtés sont de couleurs différentes. Dans un autre compartiment du cartable, il y a l'ardoise avec son cadre en bois et son petit trou pour glisser le chiffon à essuyer et l'inséparable éponge humide dans une petite boîte en fer. Une autre boîte, en carton celle-là, avec des plumes de rechange Sergent-Major et différents modèles Baignol et Farjon. Dame, c'est qu'à la grande école, en onzième, on écrit à l'encre violette. Offert par le papetier, un petit paquet de buvards publicitaires que les collectionneurs en herbe viendront échanger pendant la récréation contre n'importe quoi : billes, bonbons, et même timbres. C'est qu'ils sont beaux ces buvards ! Celui des bons desserts Franco-russe sur lequel trois enfants se régalent avec son slogan : « La Franco-russe au dessert, c'est un régal que l'on sert », celui de la Vache Sérieuse, qui rira plus tard, avec son slogan définitif : « Le rire est le propre de l'homme, le sérieux celui de la vache ». Et un cahier de vingt-quatre pages quadrillées dans un protège-cahier, lui aussi offert par le papetier. Et une pomme et quatre biscuits. Adèle lui a recommandé de n'en donner à personne et de les manger pendant la récréation.

Il est 8 h 30, tous les enfants sont dans la cour. Anxieuses, les mamans sont au-dehors à attendre l'éventuel rejeton en larmes qui se précipiterait hors de l'établissement. Les instituteurs font l'appel et une file après l'autre, les écoliers pénètrent dans leur nouvel univers.

Une grande salle pouvant contenir au moins quarante élèves. Une estrade surmontée d'un bureau pour l'instituteur qui a accroché son béret et son manteau à sa patère réservée fixée à la porte.

Le maître désigne à chacun sa place.

– Vos places ne sont pas définitives, elles seront attribuées au cours de l'année selon vos mérites.

Derrière lui, au mur, est accroché un immense tableau noir au-dessus duquel se trouve une carte de France avec les départements en couleurs. À côté, une autre carte montre les fleuves et les rivières de l'Hexagone. Tout autour de la classe, au-dessus des portemanteaux destinés aux enfants, des tableaux de toutes sortes décorent la salle. Quelques panneaux de « La morale par l'exemple ». Une pancarte sur laquelle sont représentés les poids, mesures, capacités, volumes, surfaces et même les pièces de monnaie. Les très jolis tableaux d'histoire dont le numéro un s'intitule : *Depuis l'âge primitif jusqu'à l'an 448 après Jésus-Christ.* Une affichette du ministère de l'Instruction publique et des Beaux-Arts, concernant la prévention contre la tuberculose. Et une carte de l'Indochine française due à Vidal de la Blache, à l'échelle de 1/1 500 000.

Trois rangées de table de deux font face à l'instituteur qui désigne un élève à qui il remet la bouteille d'encre violette pour remplir les encriers.

– Attention, si je vois une seule goutte renversée, je te punis !

Puis il se retourne et inscrit au tableau : « Samedi 1er octobre 1938 – Leçon de morale ».

La véritable rentrée des classes a lieu aujourd'hui, lundi 3 octobre.

– J'veux y aller tout seul à l'école, maintenant j'connais le chemin. Et puis, j'ai des copains qui vont tout seuls, eux.

– Pas aujourd'hui. Bientôt tu pourras. Tu es encore trop petit.

– Mais les autres, y sont aussi p'tits qu'moi et leur maman…

– Ta, ta, ta, coupe Adèle. Les autres font ce qu'ils veulent. C'est à leur maman de décider. Allons, viens, sinon tu vas être en retard.

Situé juste en face du marché des Enfants-Rouges, l'immeuble où la famille demeure s'ouvre sur les trottoirs déjà envahis par les marchandes de quatre-saisons. Le temps s'est légèrement refroidi et Joseph a dû mettre son béret. Adèle s'arrête à la boulangerie, à l'angle de la rue Charlot, et achète une brioche qu'elle fourre dans le cartable de son fils. Charlie qui va à la même école, mais en huitième, est déjà parti rejoindre ses copains. Joseph le regarde s'éloigner avec envie.

Le bougnat de la rue Charlot charge ses sacs de charbon sur une charrette à bras. Joseph ne l'aime pas, il en a même peur. Ce gros bonhomme noir d'anthracite le met mal à l'aise. L'été, il est toujours en maillot de corps à bretelles et ses gros muscles recouverts de poils englués de poussière de houille l'effraient tant qu'il passe toujours devant lui en courant. Tout de suite après, Joseph tourne à gauche dans la rue du Forez où il a des amis. D'abord le bureau de tabac, puis la blanchisserie d'où sort toujours une buée chaude que Joseph s'amuse à respirer, et la cordonnerie du père de Marcel, un copain d'école de Charlie, et Roland, le fils du boucher dont la boutique jouxte l'échoppe. En face, une épicerie avec en permanence sur le trottoir un gros tonneau plein de cornichons.

Puis on prend à droite la rue de Picardie, devant le café de la mère Joly où il y a Jeannot qui est plus grand et qui travaille déjà au comptoir. Et de là, on va droit jusqu'à la rue de Franche-Comté, surtout sans traverser parce que de l'autre côté règne en maître la bande de la rue de la Corderie, rivale de la bande de la rue de Picardie dont Joseph, Charlie et ses copains font partie.

En haut de la rue de Franche-Comté, c'est la rue Béranger avec l'école des garçons et, juste à côté, l'école des filles. Les grands vont quelquefois bousculer les gamines, mais ils sont vite repoussés par les mères poules qui protègent leur progéniture.

À la fin de la semaine, la sacoche de Joseph est lourde de tous les livres scolaires qui lui ont été attribués. Il faudra les rendre à la fin de l'année, sous peine de perdre la caution qu'il a fallu verser. Il y a entre autres, édité par Armand Colin & Cie, le livre de P. Leyssenne, *L'Année préparatoire d'arithmétique* ; *La Grammaire enfantine*, de Claude Augé, éditée chez Larousse, et le livre d'histoire – première période – des Gaulois à Hugues Capet, au premier chapitre duquel on rencontre les oies du Capitole qui piégèrent les Gaulois en armes, nos fameux ancêtres les Gaulois, qui ne s'étaient pas méfiés des criardes sentinelles. Le petit Joseph, dont les origines se situent très à l'Est de la France, ne se sent pas moins le digne descendant desdits Gaulois, aussi bien que Pierre, Paul ou Jacques en compagnie desquels il use ses fonds de culotte sur les bancs de la classe.

Tandis que les jeunes Gaulois ânonnent leurs

leçons, le jeune Herschel Grynspan exécute à l'ambassade d'Allemagne à Paris le conseiller von Rath, secrétaire de la légation, croyant avoir devant lui l'ambassadeur en personne. Pris, le jeune homme de dix-sept ans avoue à la police judiciaire française avoir agi pour venger les violences subies par ses parents en Allemagne. La nouvelle se répand dans les milieux nazis comme une traînée de poudre et, après un violent discours antisémite de Hitler, se déroule un abominable pogrom. Les journaux européens sont scandalisés et étalent leur émoi en première page. On imprime et on oublie aussitôt…

L'année 1938 se termine dans une atmosphère bien particulière et Arletty, sur le pont devant l'hôtel du Nord, se demande si elle a une « gueule d'atmosphère ». Joseph a très bien travaillé pendant le trimestre. Il arbore avec fierté la croix d'honneur épinglée sur son tablier gris dont la poche est remplie de bons points que lui a remis l'instituteur pour avoir récité sans fautes « Nos ancêtres les Gaulois… »

VI

Les vacances de Noël sont terminées. Joseph reprend le chemin de l'école. Le froid est vif et il porte un passe-montagne de grosse laine qui lui protège la tête et les oreilles. Une épaisse vareuse bleue sur son tablier ne l'empêche pas de glisser sur les plaques de glace. Le jeu consiste à aller le plus loin possible. Il est interdit de faire des glissades dans la cour de récréation mais Joseph n'en a cure, ce qui lui a donné l'occasion de faire la connaissance de M. Angelucci, instituteur d'une des grandes classes, celle de Charlie et de ses copains.

Monsieur Angelucci est la terreur de l'école. La plus grande punition, la plus redoutée, est d'être envoyé dans son cours pour y passer le reste de la journée.

– Viens voir ici, petit, dit le jeune répétiteur chargé de faire respecter la discipline dans la cour, viens voir ici. Voilà deux fois que je te prends à faire des glissades alors que tu sais très bien que c'est interdit.

– Mais je ne glissais pas, m'sieur, ment Joseph avec aplomb, j'ai dérapé sans faire exprès.

– Et menteur, en plus. Tu vas aller faire un tour chez M. Angelucci, ça t'apprendra.

– Mais, m'sieur, y a pas que moi, j'étais pas tout seul…

– Oui, mais les autres sont français.

– Moi aussi, m'sieur, j'suis français.

– Tu parles, dis plutôt français de Palestine. Allez, va ou je t'envoie chez monsieur le directeur.

La classe dans laquelle la « terreur » officie se trouve à l'étage supérieur. Joseph grimpe l'escalier avec appréhension, et avec honte aussi à la pensée d'être puni devant son frère et ses camarades. Il s'inquiète également pour sa note de conduite qui risque de baisser si la punition est inscrite sur son carnet. La porte devant laquelle il s'arrête lui semble immense ; plus exactement, il se sent devenir tout petit au seuil de son châtiment. Il frappe légèrement, espérant qu'il n'y aura personne de l'autre côté.

– Entrez ! tonitrue une grosse voix.

Timidement, Joseph ouvre la porte et devient aussitôt le point de mire de quarante élèves silencieux. Charlie le regarde avec stupeur. Qu'est-ce que Joseph vient faire ici, lui qui est si bon élève ? Joseph sent peser sur lui le regard noir de M. Angelucci. Petit homme sec avec des cheveux de jais, brillants, gominés, séparés au milieu par une raie impeccable, comme tirée au cordeau, son nez aquilin surplombe des lèvres pincées qui ne doivent pas sourire souvent.

– Bonjour, monsieur. À quoi devons-nous l'honneur de votre visite ?

Quelques rires fusent dans la salle, vite stoppés par un hochement de tête. Plus M. Angelucci le regarde, plus Joseph rapetisse.

– Eh bien, jeune homme, vous êtes muet ? Vous avez avalé votre langue ? Approchez-vous un peu, qu'on vous voie bien.

Joseph franchit, les jambes titubantes, les quelques mètres qui le séparent de son futur tortionnaire. Il se retient à grand-peine de pleurer.

– Je vous écoute.

– Le gardien de la récréation m'a dit de venir vous voir.

– Pourquoi ?

– Parce que j'ai fait des glissades dans la cour.

– Tiens donc ! Tu fais des glissades avec une si jolie médaille ?

– Oui, mais elle est bien attachée.

L'homme se retourne pour sourire sans être vu et attrape une petite règle métallique sur son bureau.

– Approche, petit. Très bien, maintenant tends les bras et serre tes doigts.

Pan ! Pan ! Un coup bien appliqué à chaque extrémité. Joseph sent les larmes lui monter aux yeux. Il ne pleurera pas, en tout cas pas devant son frère et les copains. Pourtant une protestation lui échappe :

– C'est pas juste.

– Qu'est-ce qui n'est pas juste ?

– Que ce soit juste moi qui suis puni, parce que le gardien dit que je suis un Français de Palestine.

– Qu'est-ce que tu nous chantes là ? Raconte-moi tout, exactement comme ça s'est passé. Essaie de ne rien oublier, et n'invente rien.

Le petit Joseph parle et relate l'histoire d'une seule traite, à la stupéfaction de M. Angelucci. Ainsi, ce gamin a été puni parce que, bien que Français, il n'est pas d'origine française ; même, il serait juif que ça ne m'étonnerait pas. Le visage de l'instituteur se durcit, il en oublie le motif initial de la punition. Ce qu'il vient d'entendre le révolte et il regrette les coups qu'il a infligés à Joseph. Il ne va pas s'en excuser, son autorité pourrait en pâtir, mais il veut en avoir le cœur net. Il confie la classe à un des élèves et se rend à la salle des répétiteurs.

– Lequel de vous surveillait la récréation tout à l'heure ?

– Moi, monsieur, dit le plus grand en se levant.

Blond, les yeux bleus, une cicatrice en guise de sourire sur un air très satisfait de lui-même.

– Ah ! C'est donc vous qui avez puni un gamin parce qu'il n'est pas français de souche.

– Oui, monsieur. Il y en a assez de ces étrangers qui pourrissent la France.

En l'écoutant, M. Angelucci s'est rapproché. Le jeune homme le dépasse d'une tête et la situation prêterait presque à rire. Mais le Corse est pâle de rage, les yeux durs de colère contenue. Soudain une gifle claque sur la joue du répétiteur qui recule sous la violence du coup.

– Sale petite ordure. Salaud de fasciste. Que je ne te retrouve jamais sur mon chemin, il pourrait t'en cuire d'autre façon.

Un moment plus tard, M. Angelucci sort du bureau de monsieur le directeur. Il a obtenu le renvoi immédiat du jeune homme blond qui portera plus tard le brassard de la milice française.

– Retourne dans ta classe, et n'oublie pas que les glissades sont interdites. Allez, file !

* *
*

Entraîné par Charlie, Joseph s'est inscrit à l'ASF (Association sportive de France) dont le siège est dans un café, face au carreau du Temple où a lieu l'entraînement des courses de patins à roulettes quand les marchands n'y sont pas. La vedette, c'est Fichaud, champion du monde de vitesse. Tous les gamins copient son style, harmonieusement incliné vers la piste, les bras en balancier au rythme alterné des jambes. Il est jeune, toujours souriant, avec un mot d'encouragement pour chacun. Joseph rêve d'aller plus vite que lui et d'être applaudi par ses camarades.

Sur une vieille paire de galoches, quatre roues en bois creux ont été vissées. À l'intérieur, il y a l'axe et les billes de roulement. Bien sûr, on fait sauter les talons de ces godillots, et sur le devant, on a cloué un frein de bicyclette. Ce n'est pas l'idéal, mais c'est efficace.

Le club compte aussi des équipes de hockey sur roulettes. Là, il faut se protéger. Joseph se demande comment le goal peut bouger avec son accoutrement. Les joueurs, eux, n'ont que des protège-tibias qu'ils glissent dans leurs chaussettes hautes. Parfois, il arrive que l'entraîneur laisse jouer Joseph maintenant qu'il se débrouille bien. La crosse en bois est plus haute que lui, mais qu'à cela ne tienne, il attrape le manche par le milieu et vogue la galère à l'assaut des buts adverses. Joseph ne veut pas être « arrière », il est de tempérament offensif et plutôt que de bloquer le palet, il préfère le porter dans le filet opposé.

Dans le quartier, ce sport remporte un vif succès. Tous les gamins veulent le pratiquer, même ceux de la rue de la Corderie qui, pour la circonstance, font la paix avec la bande de la rue de Picardie.

Le patron du café, siège de l'ASF, a installé dans l'arrière-salle des casiers où les membres rangent leurs patins et éventuellement la patinette à pédale sur laquelle ils sillonnent les rues du secteur. Les adhérents deviennent si nombreux que le président décide d'organiser des équipes de « poussins », à la grande joie de Joseph.

Les marchands du « carreau » ont remballé leurs fripes et laissé la place aux sportifs de ce jeudi. Il fait très froid et les gamins sont chaudement habillés. Joseph est énervé. Des courses sont organisées et il veut gagner, être le plus fort pour épater ses copains et surtout son frère. Il y a beaucoup de participants, aussi le responsable décide de faire courir ses « poussins » en deux fois. Joseph sera du second groupe. On doit faire deux tours de piste. Joseph et ses adversaires sont au départ, tendus dans l'attente du coup de sifflet du starter.

Ça y est, les gosses sont lancés. Joseph prend la tête, trop vite. Il tombe sur le derrière, mais se relève aussitôt. Les autres l'ont dépassé. Il patine à se faire exploser la poitrine, les rattrape, les remonte un à un, repasse en tête ! Il veut gagner. C'est la fin du premier tour. Il accentue son avance. Il va gagner. Plus qu'un demi-tour et la victoire est assurée. À l'entrée de la dernière ligne droite, il a dix mètres d'avance. Pourquoi faut-il qu'à ce moment précis, ses yeux cherchent dans la foule pour voir si Charlie le regarde ? Il le voit qui l'encourage et se trouble, tombe à nouveau, laissant passer tous ses adversaires. C'est fini, il a perdu la course.

– Alors, petit. À courir comme ça, tu finiras par te casser le cul, rigole le président.

Joseph est rouge de honte, il gagnait, il avait gagné ! C'est à en devenir enragé. Fichaud, le champion, s'approche alors de lui.

– C'est rien, bonhomme. Je me suis cassé la margoulette des centaines de fois. C'est comme ça que le métier rentre. Mais ce que je peux te dire, c'est que tu méritais de gagner, tu étais le meilleur et de loin. Ton grand défaut, c'est le manque de concentration. J'ai bien vu qu'avant l'arrivée tu as relevé la tête, comme si tu cherchais quelqu'un. Dis-toi qu'une course n'est jamais gagnée avant de passer le poteau. Courage, tu y arriveras et je suis certain que tu gagneras la prochaine fois. Si tu persévères, tu pourras devenir un champion comme moi. Allez, serre-m'en cinq.

Le petit Joseph n'oubliera jamais cette poignée de main.

En général, après l'entraînement, Charlie et ses copains, suivis comme d'habitude par l'inévitable petit frère, passent par le haut de la rue de Picardie et s'arrêtent quelques instants à l'épicerie des parents d'un des garçons. Dans un coin, un haut sac de jute est rempli de sucres candis. Charlie et Joseph peuvent en prendre une poignée, avec l'accord de leurs parents bien sûr. L'épicière ajoutera la prise sur la note. Joseph n'est pas content, sa main est plus petite et il a moins de friandises que son frère. Oubliant son négoce, la marchande lui en rajoute toujours un peu.

– Merci, m'dame.

– Allez, va-t'en, chenapan. Quand tu seras grand, tu auras la main assez grande pour te servir tout seul.

* *
*

Samuel et Adèle sont suspendus aux nouvelles diffusées par Radio-Paris. Anna, qui a bientôt treize ans, devient une jolie jeune fille. Charlie demeure pour Joseph un modèle, et Henri vient d'être admis à l'école maternelle. La France s'installe dans l'avant-guerre, et lorsque Hitler parle aux foules fanatisées, devant le microphone qui amplifie sa voix, l'Europe courbe l'échine, craignant que la foudre ne tombe sur elle.

En réponse, Paris se prépare en vérifiant le bon fonctionnement de ses sirènes dont le sinistre hululement troue le ciel pour prévenir la population en cas de bombardements.

Joseph n'aime pas le son de ce signal d'alerte qui le glace. Il se bouche les oreilles. Le chant inquiétant filtre à travers ses petits doigts.

Malgré tous les bruits de bottes, le cliquettement des culasses sur les fusils que l'on graisse, les moteurs vrombissants des avions de chasse qui s'entraînent au piqué et au rase-mottes, les soldats dont le pas cadencé résonne sur les pavés irréguliers des casernes de France, malgré tout ce tintamarre assourdi mais obsédant, le petit Joseph découvre le Paris d'avant-guerre, sans savoir qu'il est le spectateur d'une époque que les années à venir effaceront d'un trait de sang.

Au petit bistrot du coin où parfois son père lui offre un diabolo menthe, tandis qu'il boit dans un verre à pied le café tiré au robinet de cuivre du percolateur, Joseph aime se contempler dans le miroir qui fait face au zinc ; admirer les alignements des verres étincelants sur les étagères ; toucher les rideaux de cretonne des fenêtres et de la porte dont les clochettes tintent quand on l'ouvre ; jouer avec les gros cendriers publicitaires de la Suze, Raphaël ou Dubo… Dubon… Dubonnet ; regarder les manettes de porcelaine décorée ; voir couler la bière à la pression dans de grosses chopes de verre opaque d'où s'échappe la mousse ; remplir son verre d'eau de Seltz en appuyant sur le bec qui libère le gaz de la grosse bouteille cerclée de fer.

Tout enchante ce titi parisien en herbe ; la fleuriste ambulante et sa pittoresque voiturette ; le repasseur de ciseaux-couteaux avec sa meule à pédale où coule un filet d'eau ; le vitrier qui chante son métier à travers les rues de la capitale et porte sur son dos des vitres de différentes tailles ; les hommes-sandwichs qui arpentent les Grands Boulevards, harnachés de panneaux publicitaires.

Suivre, avec les copains en patinette, le marchand de glace à rafraîchir tiré par un vieux canasson fatigué des pavés de Paris ; voir le pompiste actionner sa pompe à bras pendant que l'essence monte dans un bocal et descend dans l'autre qui se vide dans le réservoir des voitures ; écouter les chanteurs des rues et des cours, les hommes-orchestres ; admirer les montreurs d'ours, les avaleurs de sabre, les cracheurs de feu et les briseurs de chaîne. Les lutteurs, les jongleurs, les harangueurs. Tous ces artistes de la rue qui, pour une pièce, font rêver ; les vendeurs de lacets qui n'obligent pas à prendre la paire si un seul suffit. Les cardeurs de laine à matelas auréolés de flocons grisâtres ; les rempailleurs de chaises aux lèvres pincées retenant les brins que les doigts entrelacent ; le rétameur de casseroles qui colmate les trous et fait du neuf avec du vieux ; le raccommodeur de porcelaine qui rassemble et recolle les morceaux que la maladresse a brisés ; sans oublier le joueur d'orgue de Barbarie et son singe dansant. Et Guignol qui se rit du gendarme.

Tous ces métiers que Paris a fait naître et qui enchantent son atmosphère. Hommes, femmes, quelquefois des enfants, grouillent et vivent par le système D dans ce Paname d'avant la guerre. Leurs jours de bonheur sont comptés, mais qui a alors conscience que le sursis sera bientôt résilié ?

* *
*

La pâque juive tombe cette année le 4 avril. Samuel et Adèle ont encore une fois invité les grands-parents pour le *Sédère*, plus les oncles et les tantes habitant Paris. Bien que les convives soient nombreux, le dîner est triste, et les adultes semblent préoccupés. Ils parlent politique et en oublient la sortie d'Égypte. La conversation est animée, les mots de « guerre », « antisémitisme », « mobilisation », reviennent sans cesse.

– Il faut se préparer à une guerre terrible, lance Samuel.

– Arrête d'être pessimiste, lui répond oncle Benjamin. Jamais Hitler n'osera nous attaquer, la France est trop forte pour lui.

– Forte ? Forte de quoi ? Ça fait des années que les

Allemands se préparent à la guerre et ils ont des armes terribles, à ce qu'on dit. Et puis, s'ils viennent occuper la France et qu'ils agissent avec les Juifs comme ils le font en Allemagne, qu'allons-nous devenir ?

– Allons, jamais un gouvernement français n'acceptera qu'on touche à une fraction de sa population. Après tout, nous sommes français nous aussi. S'il y a la guerre, il y aura mobilisation, et s'il y a mobilisation, nous aussi nous serons mobilisés comme naturalisés, au même titre que les Français d'origine.

Joseph regarde les grands. Il écoute, mais il ne comprend pas leur discours. Il ressent le poids de leurs préoccupations. Il semble qu'un voile s'est abattu sur eux et emprisonne le moindre de leurs gestes. Pourquoi ont-ils peur ? À un moment de leur vie, ils ont choisi la France pour sa réputation de terre de liberté, et pour sa douceur de vivre. Ils aiment la France et sont prêts aujourd'hui à prendre les armes pour défendre le pays qui les a adoptés. Pourquoi alors penser qu'un jour la France pourrait les abandonner à un ennemi qui réclamerait leur vie ? Ces Juifs des pays de l'Est de la France venus se réfugier dans le giron des révolutionnaires de 89, ces champions de la liberté tous azimuts, sont tout naturellement devenus des descendants de « nos ancêtres les Gaulois... », et ils auraient peur d'être un jour sacrifiés sur l'autel de la lâcheté ? Allons, allons, pas la France… Surtout pas celle de Hugo qui, en l'hiver de sa vie, s'éleva contre les pogroms en Russie, ni celle de Zola risquant tout pour sauver l'honneur d'un capitaine juif dont il ignorait jusqu'alors le nom.

L'oncle Benjamin, qui s'était à demi levé pendant sa harangue, se rassoit. Seul le bruit des fourchettes raclant nerveusement les assiettes trouble le silence. Plongés dans leurs pensées, se remémorant les uns les autres les durs moments de leur parcours, l'âpreté du combat pour avoir droit à la vie, chacun a peur que ne disparaisse le havre de paix qu'il a trouvé en France durant les quelques années qui viennent de s'écouler.

– Grand-père, pourquoi tu racontes pas la sortie d'Égypte et les Tables de la Loi de Moïse, ce soir ?

La voix fluette du petit Joseph a sorti l'assistance de son cauchemar éveillé.

– C'est vrai, mon petit. Viens près de moi. Comment avons-nous pu oublier pourquoi nous sommes tous réunis ce soir ? Venez à côté de moi, les enfants. Venez que je vous raconte l'histoire plusieurs fois millénaire de ces hommes qui ont préféré la souffrance à l'esclavage.

* *
*

Le 17 mai, le petit Joseph reçoit sept coups de pied au derrière, plus un pour que ça lui porte bonheur.

Malgré la situation internationale pesante et la montée des périls, Paris n'a jamais été aussi beau au printemps et les Parisiens n'en ont jamais autant profité. Chaque fin de semaine, Joseph retrouve les plaisirs de la forêt de Sénart et de la chasse aux doryphores.

Timide, frêle, mais résistant, le pêcher planté par Henri est sorti de terre. Ses feuilles dentelées, vert tendre au centre et roux sur les bords, tremblent avec le vent, comme un nouveau-né agitant ses bras et ses jambes en tous sens.

Tandis que, de plus en plus nombreux, les Juifs fuient l'Allemagne, les Français se préparent à jouir de leurs quinze jours de congés payés, et font des rêves d'aventure. Les quatre enfants d'Adèle et Samuel iront en juillet à Brunoy, et à Berck-Plage en août.

Cent cinquantenaire de la Révolution française. *Le Figaro* écrit :

> *Les soldats français et anglais défilent ensemble sous les acclamations frénétiques du peuple de Paris. La fête nationale a été celle de l'unité.*

On danse dans tous les quartiers de la capitale et dans toute la France. À Brunoy devant Gervaise, près du monument aux morts de la guerre de 14-18, où la municipalité, solennelle, honore les ensevelis des tranchées du chemin des Dames, et d'ailleurs ; tous ceux qui sont morts ou sont restés handicapés, meurtris dans leur chair et dans leur âme, « pour que ce soit la dernière ».

« Mort pour la France », peut-on lire sur la sépulture des héros qui n'avaient pas la prétention de l'être. « Morts pour rien », pensent les bidasses couchés sous terre, écrasés par les tonnes de béton érigées en monuments à leur gloire, et embarrassés dans leurs bandes molletières.

« Vive le 14 Juillet », crie Joseph qui, à la terrasse d'un café où l'on danse, attend avec impatience le feu d'artifice.

Joseph mélange tout et confond la sortie d'Égypte avec la prise de la Bastille, les droits de l'homme et les Tables de la Loi. Qui pourrait en vouloir à ce gamin de sept ans de s'imaginer que le monde qui l'entoure est ce qu'il voudrait qu'il soit, avec sa Liberté, son Égalité, et surtout sa Fraternité. Chez Gervaise, il se prend pour le Belge Sylvère Maes, nouveau vainqueur du Tour de France.

* *
*

Après avoir changé à Rang-du-Fliers, toute la famille se trouve dans le train qui mène à Berck-Plage, station balnéaire du Pas-de-Calais. Le tortillard, vestige du passé, se traîne et cahote sur ses rails. Wagons de bois, bancs usés autour d'un énorme poêle Godin qui chauffe les voyageurs en hiver.

Joseph n'a jamais vu la mer et ne quitte pas la fenêtre ouverte malgré les escarbilles que lui envoie la locomotive à charbon. Des arbres, des maisons, des routes, des villages et, soudain, plus rien que l'immensité de la mer. Le convoi longe la côte. Joseph est subjugué par ce formidable spectacle, jamais il n'aurait pu imaginer ça ! Le temps est au beau fixe et l'horizon se confond avec l'eau. Le soleil encore haut enlumine la crête des vagues qui viennent amoureusement flirter avec le sable des plages. Des bateaux de pêche, au loin, laissent un sillage derrière eux. Les mouettes les accompagnent, tournant autour, quêtant leur pitance, en zébrant le ciel de leur gracieux vol plané.

La France continue d'appeler ses réservistes tandis que la musique de Glenn Miller envahit le monde. L'Europe est en état d'alerte. Tous les pays mobilisent. La guerre est imminente. À Paris, toutes les caves sont reconverties en abris. Les vitres sont protégées par du papier collant, et on peint en bleu les verres des lampadaires. Paris devient la Ville lumière bleutée. Les édifices publics, les statues sont protégés par des murs de sacs de sable, les vitraux des églises sont déposés et mis à l'abri dans les cryptes. Les visages sont soucieux. Il n'y aura pas, comme en 1914, de fleur au fusil. L'évacuation des enfants de la capitale vers la province commence.

Joseph fait des châteaux de sable et pêche la crevette avec un grand filet. Anna est inquiète, elle sait que ce qui se passe est grave. Déjà, à la pension, des parents sont venus chercher leurs enfants. Elle a souvent avec Charlie de longues conversations où il est question de la probable mobilisation de leur père.

VII

EN CE PREMIER JOUR DE SEPTEMBRE, il y a beaucoup de chaises inoccupées au réfectoire où Joseph prend son petit déjeuner en compagnie de ses frères et sœur. Ils ne savent pas encore. Sans raison apparente, les moniteurs sont absents, sauf un qui est de garde. Autour des tables, un silence de plomb remplace le chahut habituel. Les enfants mangent sans se parler, sans gesticuler. Même Henri, d'habitude si turbulent, boit aujourd'hui son lait sans mot dire.

– Rachel, tes parents t'attendent au salon, annonce le directeur qui referme aussitôt la porte.

De l'âge d'Anna, Rachel revient quelques minutes plus tard et lui parle à l'oreille. Les deux amies se regardent, les yeux agrandis par la sinistre nouvelle. Elles s'étreignent un instant, Rachel s'en va.

Anna répond à l'interrogation muette de Charlie :

– Les Allemands ont attaqué la Pologne.

Joseph ne comprend pas l'importance de cette information, il ne sait pas que sa vie vient de basculer avec la paix enfuie.

À la radio, un journaliste relate les faits :

Ce matin à 4 h 45, face à la cavalerie polonaise, héroïque mais impuissante, les troupes allemandes ont envahi la Pologne en application du Fall Weiss, *le Plan Blanc.*

Sans la moindre déclaration de guerre, cinquante-trois divisions sont passées à l'attaque. Blindés, motorisés, chars d'assaut appuyés par la puissante Luftwaffe dont les bombardements et les passages en piqué des stukas ont cloué au sol l'aviation polonaise, hors d'état de riposter. Face à cette formidable concentration de troupes et d'armes modernes préparées par l'Allemagne en vue du *Blitzkrieg*, la guerre éclair, la Pologne aura bien du mal à tenir…

Quelqu'un a coupé le son, on n'entend plus rien. Les enfants se regardent. Sans comprendre pourquoi, Joseph pleure.

– Pourquoi papa et maman ne viennent pas nous chercher ?

– T'inquiète, répond Charlie, y vont pas tarder.

Lui aussi se pose la question, mais il est l'aîné des garçons, c'est à lui de rassurer les petits.

À 10 heures, ce même jour, après un chassé-croisé diplomatique entre la France, l'Italie et la Grande-Bretagne, le Conseil des ministres décide la mobilisation générale.

À Berck, valises bouclées, les enfants attendent leurs parents. Quelques-uns jouent encore dans la cour. Mais les grands comme Anna et Charlie tiennent des conciliabules et se taisent quand les petits approchent. Joseph fait des glissades, Henri joue avec une voiture de pompiers d'un rouge étincelant.

Toutes les rencontres sportives sont annulées. Air France supprime ses vols. Les commerces et les restaurants ferment tôt. Paris ne s'illumine plus la nuit et devient Paris-blafard, Paris-j'ai peur. Paris-masques à gaz, que distribue la préfecture de police. Paris-radio, Paris-journaux qui, depuis le matin, conseillent aux Parisiens de quitter la capitale. Paris-j'me tire, j'm'évacue, suivant les itinéraires placardés à la hâte sur les réverbères. Paris-j'me fais la belle, t'es devenue trop dangereuse.

Dans les rues, la dernière édition des quotidiens se vend à la criée. La une de *Paris-Midi* titre sur toute sa largeur :

Quelques heures après avoir feint d'offrir la paix, Hitler attaque la Pologne.

Au bistrot, dans les ateliers, les usines, on s'agglutine autour des postes de TSF pour écouter les dernières nouvelles.

– Votre mère a téléphoné. Elle sera là demain matin.

Le directeur s'éponge le front. Il est tout rouge et transpire à grosses gouttes. Quinze jours avant la date prévue, il doit faire rentrer les enfants dans leurs familles respectives et fermer la pension. Il lui faut improviser, et très vite, car il doit rejoindre l'armée dans les quarante-huit heures. Il n'y a plus qu'une douzaine d'enfants dans la cour.

Le samedi 2 septembre 1939, la mobilisation générale a commencé. Par groupes, les hommes prennent les trains qui les conduiront à leurs cantonnements. Mais le cœur n'y est pas. Bien que ni la France ni l'Angleterre ne l'aient encore déclarée à l'Allemagne, elle est bien là, cette guerre qui hantait tous les esprits.

Les gares sont encombrées par tous ceux qui fuient Paris, les vacanciers qui rentrent précipitamment, et les mobilisables qui regagnent leurs centres de ralliement. C'est la bousculade. Les scouts secondent le service d'ordre et aident les mères de famille nombreuse à monter dans les wagons avec leurs valises. Cependant qu'une poignée de mobilisés excités investissent une rame en chantant « on ira pendre notre linge sur la ligne Siegfried » ponctué de « mort aux Boches... y passeront pas... on va les enterrer comme à Verdun ». La Croix-Rouge a installé un stand qu'assiègent les enfants et leurs familles. Elle distribue des boissons et des gâteaux secs.

Il est presque midi. À la pension, Anna, Charlie, Joseph et Henri sont les derniers à attendre leurs parents. Tous les autres sont partis. Toujours aussi rouge, le directeur passe devant eux en haussant les épaules.

– Je vais fermer. Qu'est-ce que je vais faire de vous si votre mère ne vient pas ?

Henri pleurniche et Joseph est bien près d'en faire autant. Charlie serre les poings de rage. Anna tance vertement le gros lourdaud :

– Vous ne pouvez pas faire attention à ce que vous dites devant des enfants ?

Le directeur arrête sa course, regarde ce bout de femme que les responsabilités grandissent, hausse à nouveau les épaules en s'épongeant avec un mouchoir à carreaux, tourne le dos, et s'en va.

Les enfants sont au réfectoire pour le déjeuner. Joseph ne veut pas manger les boulettes de viande hachée parce qu'il y a de l'ail dedans. Anna s'énerve...

La porte s'ouvre grand sur leur mère. D'un bond, ils sont dans ses bras. Anna pleure de joie. Henri veut à tout prix lui montrer sa voiture de pompiers, Charlie bombe le torse quand Adèle le félicite pour sa conduite.

Joseph refuse toujours de manger ses boulettes et Adèle n'insiste pas.

– Où est papa ?

– Papa va être mobilisé très vite, il travaille pour terminer ce qu'il a à faire. Alors il n'a pas pu venir.

* *
*

Toute la nuit du samedi au dimanche, les diplomates français, anglais, italiens, tentent d'éviter la déclaration de guerre. Mais la Grande-Bretagne la déclare à midi, et la France cinq heures plus tard.

La « drôle de guerre », comme la nommera l'écrivain Roland Dorgelès, a commencé. Les Anglais l'appellent *Funny War*. Les Allemands, *Sitzkrieg* (guerre assis), et les Américains *Phoney War* (guerre bidon).

Le temps orageux accentue la tension qui pèse sur le pays. La mobilisation a mis Paris en effervescence. Rien à voir avec le service militaire, ni avec le conseil de révision d'où l'on sort « bon pour le service », et le revers chargé de rubans tricolores pour impressionner les filles. Là, pas de photographie en uniforme, pas de portrait posé avec fierté sur la cheminée ou accroché au-dessus du lit conjugal.

Les mobilisés y vont parce qu'il faut y aller, et quittent leur épouse, leurs enfants, leur travail, avec pour seul espoir que ce ne sera pas pour trop longtemps.

* *
*

L'école a rouvert ses portes le lundi 16 octobre. Comme ses camarades, Joseph porte, en plus de son cartable, un masque à gaz contenu dans un étui cylindrique en métal. Les instituteurs leur en détaillent le fonctionnement. Au cours d'exercices collectifs, les enfants s'appuient mutuellement sur le groin pour s'empêcher de respirer.

Samuel est quelque part dans l'Est. Il est parti un matin, emportant avec lui une petite valise et des photos de sa famille. Adèle l'a accompagné à la gare. Lorsqu'elle est revenue, Joseph a compris qu'elle avait pleuré. Il y a déjà eu plusieurs alertes et tout le monde est descendu aux abris. On ne reçoit pas beaucoup de nouvelles de Samuel. Chaque jour, Joseph guette le courrier, espérant trouver la fameuse enveloppe sans timbre de « la poste aux armées ». Il y a moins d'élèves que d'habitude. Beaucoup sont restés à la campagne en attendant que ça se passe. Joseph a sauté une classe.

Joseph remarque dans la cour de récréation un soldat entouré d'élèves qui le bombardent de questions. Charlie est là. Joseph s'approche et ne reconnaît pas immédiatement M. Angelucci.

– Ah ! Voilà le petit Joseph ! Comment vas-tu, chenapan ? Fais-tu toujours des glissades ?

– Avec ça, c'est pas possible, répond Joseph en montrant l'étui.

– Eh bien, au moins, cet engin sert à quelque chose.

– Vous êtes soldat, m'sieur ?

– Eh oui, tu vois, mon garçon. Comme ton père, je crois.

– Oui, m'sieur. Il est parti dans l'Est. Il a été mobilisé, comme tous les Français.

– Écoute bien, Joseph, sache que ton père, et par conséquent, toi aussi, vous êtes français comme tous les Français, ni plus ni moins que moi ou un autre.

* *
*

Depuis quinze jours, aucune nouvelle de Samuel, et pas de possibilité de savoir où il se trouve. Adèle est très inquiète. Avec les enfants, elle est suspendue à la TSF, comme des milliers de familles où un père, un frère, un fils, un fiancé, un mari ou un ami, est sur le front, aussi silencieux qu'il est immobile.

Après s'être entassés dans des wagons où quarante

hommes accroupis tiennent la place de huit chevaux en long, et ayant pour certains rejoint la ligne Maginot, réputée infranchissable, donc inattaquable, ces soldats désœuvrés à qui l'on fait creuser des tranchées inutiles, ces hommes inquiets de ne rien voir bouger, harassés de monter des gardes incessantes, ces militaires sont les « chômeurs » de la « drôle de guerre ».

« L'ennemi guette vos confidences. » Tel est l'avertissement donné par une affiche signée Paul Colin, qui couvre les murs de Paris. Mais la guerre alimente toutes les conversations. Les anciens « refont » 14. Accoudés au zinc des bistrots, ils expliquent aux jeunots, dont l'uniforme sent la naphtaline, comment ils ont délogé les Boches de leurs trous. Les enfants aussi y vont de leur discours et, dans la cour de récréation, les petits écoutent les grands raconter le champ de bataille, avec un enthousiasme renforcé par le patriotisme que distillent dans leur esprit les leçons de morale à la gloire du drapeau.

Pour ces stratèges en culottes courtes, il y a deux camps bien distincts. D'un côté, les Boches, les Schleus, les Fridolins ; de l'autre, les troufions, les biffins, les poilus et leurs copains les rosbifs, les Angliches. On s'interroge sur ce que vont faire les Ruskoffs et les Amerloques. On compte les stukas de la Luftwaffe, on additionne les panzers et les pièces de batterie auxquels on ajoute le nombre d'automitrailleuses. Réuni dans un seul pays, tout cet armement s'est mis en mouvement pour envahir la Pologne à la vitesse de cinquante kilomètres à l'heure.

Les Vercingétorix de l'école de la rue de Béranger, Les Roland brandissant leur Durandal, les Martel de Poitiers, les Bouvinois, les fils de Marignan, de Rocroy, les descendants des grognards de la Grande Armée font, défont et refont leurs plans. Les tacticiens s'énervent jusqu'au tintement de la cloche annonçant la reprise de la classe.

« Comprends pas, pense Joseph en s'alignant avec les autres sous le préau. Comment on peut avoir peur de perdre puisqu'on est les plus forts ? »

Joseph est devant l'immense affiche annonçant la journée franco-britannique en commémoration de la victoire du 11 Novembre, journée qui, exceptionnellement, durera quarante-huit heures, « au bénéfice de ceux qui combattent et de leur famille ». Les deux hommes représentés ont des casques différents mais le même terrible regard volontaire. Le gamin imagine son père, quelque part en France, face à l'ennemi, cet animal sauvage, tapi pour mieux bondir. Sa classe parraine un soldat anonyme à qui elle envoie deux fois par mois un colis. Joseph rêve que le paquet est destiné à son père et est très fier de contribuer à cette bonne action. Le soir, Anna tricote un cache-nez pour le filleul de sa classe.

Joseph aime les chansons de Charles Trenet et fredonne à longueur de journée *Le Soleil et la Lune*. Les cinémas, les théâtres, les music-halls sont pris d'assaut pour les fêtes, comme si c'étaient les dernières. Les halles de Paris regorgent de victuailles et, mis à part les uniformes kaki des soldats en permission, et les lumières bleutées et tamisées, rien ne donne à penser que la France est en guerre.

Adèle a mené les enfants voir les vitrines des grands magasins où sont exposés les jouets de Noël. Féerie de peluches, de poupées, de voitures à pédales, de jeux de société, de Meccano de toutes dimensions, mais aussi en bonne place les soldats de plomb, les canons, les tanks, les avions à cocarde tricolore. Vaste champ de bataille au relief de nos campagnes, installé sur des tréteaux, où l'armée française entoure victorieusement les débris d'une armée allemande en déroute qu'elle a taillée en croupière.

L'hiver est particulièrement rude en cette fin d'année. Il fait trop froid pour faire du patin à roulettes, mais les trottoirs verglacés du quartier font la joie de Joseph qui s'envole dans ses interminables glissades.

Samuel a écrit et envoyé une photo qui fait pleurer Joseph. Son père est près d'un feu de bois, dans une campagne enneigée. Il est fier de son uniforme et sourit, sachant qu'il pose pour sa famille. Il se tient bien droit, presque raide, et salue militairement l'objectif. Il porte de grosses mitaines et un cache-col épais. Au dos de la photo, il a tracé quelques signes en yiddish et signé « Papa » en français, d'une main maladroite.

– C'est quoi qu'il a écrit, papa ?

– « Je vous aime. »

Adèle laisse couler deux grosses larmes le long de ses joues qu'Anna essuie de ses doigts. Charlie vient l'embrasser et donne une bourrade à ses deux frères avant de quitter la pièce.

VIII

NOUS AVONS LA FERME CONVICTION que 1940 sera une année plus heureuse pour l'humanité tout entière…

Extrait d'un message officiel diffusé sur les ondes radio à l'aube de l'année 1940.

* *
*

Paris n'a pas connu de froid aussi intense depuis cinquante ans.

À la condition de bien écouter Charlie, Joseph peut aller à l'école avec lui, sans être accompagné de sa mère qui, en l'absence de son mari, dirige leur petite entreprise.

Il a neigé toute la nuit. Les flocons du matin s'imbriquent en catimini dans le blanc tapis qui recouvre les rues. Les habituels bruits de Paris s'estompent dans un silence cotonneux. Le passe-montagne des deux garçons est couvert de cristaux qui forment une croûte givrée. Joseph tire la langue pour y faire fondre une perle d'hiver. Ses pas s'enfoncent dans la moquette glacée, laissant des traces qu'il a plaisir à regarder en se retournant furtivement. Ses empreintes sont presque aussi grandes que celles de Charlie. Pour l'heure, la course matinale côte à côte semble rapprocher les deux frères qui marchent d'un pas lourd, la tête dans les épaules. Arrivés en haut de la rue, Joseph s'arrête, se retourne franchement et admire avec fierté la piste laissée par leurs quatre godillots. Il imagine que la terre entière est enneigée et qu'ils en ont fait le tour ensemble, en y imprimant un sillon.

Sous l'uniforme, et indisponibles pour cause de guerre, les hommes sont remplacés par les femmes sur les chaînes de montage des usines d'armement. En l'absence des laboureurs, elles exécutent les travaux des champs, conduisent les tracteurs, poussent la charrue. Elles soignent les bêtes. Elles sont maîtresses des bureaux et des administrations, travaillent dans les ateliers désertés par les mobilisés qui, eux, attendent toujours une hypothétique attaque sur le front.

Par ces temps difficiles où les restrictions commencent à se faire sentir, elles doivent, en plus de leurs longues journées de travail, souvent de dix à treize heures, s'occuper de la maison et veiller à la santé et à la sécurité des enfants.

C'est alors qu'elles jettent leur carcan aux orties et le remplacent avantageusement par une nouvelle gaine de tulle qui fera « Scandale ». En quelques mois, la « drôle de guerre » aura fait plus pour elles que cinquante ans de mode.

L'hiver touche à sa fin et les premiers rayons d'un soleil printanier percent les pluies de mars. Phœbus tente de réchauffer les cœurs engourdis, mais il a beau faire, il ne peut sécher les larmes que décline l'absence. Paris a beau jouer les coquettes, sans les hommes pour la regarder, l'aimer, l'étreindre, elle ne peut se voir belle que dans le miroir de la Seine.

Mais la guerre est toujours présente. À l'instar des bourgeons qui percent leur gangue rugueuse pour faire exploser leur floraison, les murs détrempés se fleurissent de nouvelles affiches. Sur le chemin de l'école, Joseph s'arrête devant l'une d'elles. Une croix fichée en terre, surmontée d'un casque militaire français, porte une pancarte : « Tué par la faute d'un bavard ». En bas, en grosses lettres : « Taisez-vous ». Sur fond de ciel gris, la croix se dresse comme un épouvantail. Joseph regarde, pense à son père et à M. Angelucci. Il continue sa route, la tête un peu plus dans les épaules. Les gamins de Paris ont bien des soucis par les temps qui courent !

* *
*

Il s'en est passé des événements depuis le début de l'année ! Il y a eu, le 15 janvier, l'attribution des premières cartes d'alimentation qui ont tellement intrigué Joseph. Le métro s'est rempli de réfugiés. Les collectes de vieux métaux se sont organisées dans tous les quartiers. Maurice Chevalier a offert une vieille voiture qui, comme le reste, sera transformée en armement. Le civisme des Parisiens vide les caves, les greniers, les entrepôts de ferraille en tout genre. Fin février, les poches de Joseph sont pleines de bons points et, en plus de la croix d'honneur, il a eu droit aux félicitations de monsieur le directeur de l'école. De l'autre côté du Rhin, Heinrich Himmler signe les plans d'un camp de concentration à Auschwitz.

Alimenté par la propagande ennemie, le bruit court que la paix pourrait être signée en avril. En attendant, la « drôle de guerre » s'éternise sur ses positions.

Le mercredi 3 avril, au retour de l'école, Joseph reste bouche bée. Son père lui-même a ouvert la porte. Ému et surpris de le voir pour la première fois en uniforme, il ne sait plus bien où il en est. Puis il lui saute dans les bras.

– Papa ! Tu es là !

Assis au salon, les enfants écoutent le récit de leur père qui, comme tous ceux en charge d'une famille nombreuse, bénéficie d'une longue permission. D'une voix où domine l'accent yiddish, Samuel raconte sa guerre. Il est un peu nerveux, intimidé même devant ses enfants. Il fume cigarette sur cigarette du paquet de troupe qui voisine sur la table avec la grosse boîte d'allumettes soufrées de la Seita.

Joseph dévisage son père. Il découvre quelques cheveux blancs dans les ondulations noires mais est surtout intrigué par le regard. Samuel raconte, mais ses yeux restent immobiles, enfoncés dans d'énormes cernes. Les joues sont creusées et les pommettes sont maintenant plus saillantes.

Adèle sert le thé et des gâteaux en silence. Elle aussi écoute. Ses lèvres tremblent légèrement. Furtivement, elle essuie une larme. Samuel surveille ses moindres gestes.

– C'est fini la guerre, papa ?

– Où il est ton fusil ?

– Pourquoi t'as pas de casque ?

– T'as eu des décorations ?

– T'es chef ou t'es simple soldat ?

– Oh, là, là, intervient Adèle, pas tous à la fois.

Laissez votre père se reposer, il vient juste d'arriver.

– Laisse, Adèle, laisse-les m'interroger. Ils m'ont tellement manqué.

Ils n'attendaient que cela pour l'étouffer de baisers et le faire s'écrouler sous les caresses. Oubliée l'absence, effacée la pudeur des retrouvailles. La grappe humaine agglutinée sur un fauteuil, c'est un père et ses enfants qui s'aiment. Le monde s'est arrêté de tourner le temps d'une étreinte.

Oubliées les tranchées creusées pour rien. Envolés les sarcasmes de l'adjudant qui n'en fout pas une rame dans le civil et se croit devenu indispensable depuis qu'il a des galons. Au rebut, les gardes harassantes sur un terrain vague où il n'y a rien à garder, le froid qui pénètre jusqu'à l'os, la peur d'un tireur isolé, l'attente du vaguemestre et ses excuses bredouillées quand il n'y a pas de lettres pour tous. Effacés, surtout, les moments de cafard que même la photo d'une famille heureuse ne peut entièrement dissiper.

Cette année, les fêtes de Pâques commencent le mardi 23 avril, pour se terminer le mardi suivant. Ce jour-là, Adèle a pleuré en écoutant la radio ; en Pologne, les autorités allemandes ont ordonné le quadrillage du ghetto juif de Lodz où elle est née, où ses parents habitent, s'ils sont encore en vie. Avant la guerre, les seules nouvelles crédibles étaient celles qui arrivaient avec les réfugiés en transit par Paris ou qui s'y installaient. Leurs informations n'étaient, en fait, qu'une sorte de long bulletin nécrologique. Mais depuis l'invasion, plus rien. Cette nuit-là, Adèle n'a pas beaucoup dormi.

Deux jours plus tard, le jeudi, jour sans école, Joseph fait ses devoirs sur la table de la salle à manger. Adèle vient le rejoindre, sort des photos d'une grosse enveloppe.

– Tiens, mon petit. Je vais te montrer encore une fois mon père et ma mère, tes autres grands-parents. Regarde bien, Joseph, regarde très fort. Tu ne les connais pas, mais je voudrais que tu ne les oublies jamais.

* *
*

Vendredi 17 mai 1940.

Joseph est dans sa chambre, assoupi dans un demi-sommeil peuplé de rêves. Il s'est calmé. À bien réfléchir, il a toujours ressenti qu'un petit quelque chose le différenciait de ses camarades. La plupart d'entre eux vont au catéchisme, se donnent rendez-vous à l'église pour la messe du dimanche et, tout naturellement, le tiennent à l'écart de leurs discussions, de même que ses amis qui portent un nom à consonance étrangère et sont tout aussi ignorants que lui de ces préoccupations. Chez lui, pas de croix accrochée aux murs, comme il en a vu en allant chez un de ses camarades. Pourtant, Joseph ne voit pas de différence entre ceux qui vont à l'église et ceux qui n'y vont pas.

– Qu'est-ce que t'as, Joseph ? T'es malade ? s'inquiète Charlie qui rentre de l'école après l'étude.

– Non. J'me r'pose.

– Ah ! Bon.

– Dis voir, Charlie. Tu savais, toi, que j'étais juif ?

– Ben, évidemment.

– Qui c'est qui t'la dit ?

– J'sais plus.

– Moi, c'est Srulké, le p'tit vieux qui travaille avec papa. Et t'es juif aussi ?

Charlie le regarde avec curiosité.

– Dis donc, t'es sûr que t'es pas malade ?

– Non, j'te dis. Réponds, t'es juif ou non ?

– Oui. Et Anna, et Henri, et papa, et maman. Toute la famille, quoi.

– Même grand-père et grand-mère ?

– Mais oui. Tout le monde.

Joseph est perplexe. Rien que des Juifs dans la famille et il ne le savait pas.

– Mais c'est quoi, être juif ?

– C'est comme nous.

– Mais nous, on est comme les autres. Les autres, ils sont juifs aussi ?

– Non. Nous, on est juifs. Pas tous les autres.

– C'est quoi la différence ?

Charlie se gratte le crâne. La question tourne dans sa tête. C'est vrai, ça, qu'est-ce qui peut bien les distinguer des autres ? Il a tout à coup une illumination.

– Nous, on a le zizi coupé.

– Quoi ! s'exclame Joseph en ouvrant vivement sa braguette pour examiner le sien. Mais j'saigne pas. J'suis pas coupé.

– On fait ça quand on est bébé, ça cicatrise.

– Pourquoi on fait ça ? J'comprends pas.

Là, Charlie a une réponse toute prête, un rien péremptoire.

– Pour montrer la différence, pardi !

– J'veux bien. Mais Anna, qu'est-ce qu'on lui a coupé ?

– Anna ?

Charlie se gratte à nouveau la tête, cette fois en rougissant. Il a déjà croisé sa sœur dans la salle de bains et s'est vite rendu compte de la différence. Qu'est-ce qu'il va bien pouvoir répondre ? C'est évident que sa sœur est juive, mais où est la différence avec les autres filles ?

– Anna, c'est simple. Elle est comme maman, maintenant que je t'ai tout expliqué, tu me laisses tranquille, j'ai des devoirs à faire.

* *
*

Aujourd'hui, le petit Joseph a huit ans, mais personne n'a le cœur à faire la fête. La guerre est aux portes de la France. Malgré les restrictions, Adèle a confectionné un gâteau pour le dîner et Samuel, traditionnellement, a gratifié les fesses de Joseph de huit coups légers, plus un pour que ça lui porte bonheur.

Fin mai, Samuel a rejoint son unité. Malgré la peine qui, jour après jour, trace sur ses joues deux sillons brillants, Adèle s'affaire autour de valises qu'elle remplit aussi vite que les armoires se vident.

Depuis l'aube du 10 mai 1940, l'ennemi n'a pas cessé d'avancer, d'enfoncer, de percer les lignes alliées. Où est le formidable optimisme du *Figaro* qui, le 13 mai, titrait en pleine page : « Nos armées contiennent l'ennemi », ajoutant qu'elles faisaient preuve d'un courage magnifique et multipliaient les contre-attaques, qualifiant l'abandon de Bruxelles ou d'Anvers de « pure stratégie ». *Paris-Midi*, du lundi 27 mai, titrait, lui, « Les alliés infligent aux Allemands des pertes effrayantes » et « Au nord de la Somme, nos troupes consolident les positions conquises », oubliant de préciser par quel camp elles étaient conquises.

Fuyant les Allemands si souvent décrits comme

des barbares assoiffés de sang, Adèle, à l'instar de nombreux Français, se jette sur les routes de l'Hexagone. Tous ajoutent à la débâcle des armées, l'exode pitoyable d'une masse de vieillards, de femmes et d'enfants entassés sur des charrettes à bras. Les plus chanceux ont pu atteler une haridelle, trop vieille pour être réquisitionnée. Certains sont à bicyclette, aussi épuisés que ceux qui vont à pied.

Les rares voitures ont du mal à se frayer un chemin à travers les fuyards qui les accablent de noms d'oiseaux, les traitent de richards, de traîtres à la patrie, de mauvais Français, mais les supplient de les laisser monter à bord ou même sur les pare-chocs.

La foule hétéroclite tremble au moindre vrombissement de moteur d'avion et s'éparpille sur les bas-côtés de la route. Ce magma humain, qui transpire sous le soleil, rejette tout ce qui porte un uniforme et sert de cible aux stukas dont les piqués s'accompagnent d'un hurlement strident de sirène. Les balles de ces vautours sont aveugles. Après leur passage, des corps ensanglantés gisent sur la route. Les morts sont inhumés dans les champs alentour. Personne ne viendra se recueillir sur leurs tombes, les herbes et la végétation les auront protégés de la curiosité et plongés dans l'oubli.

L'alerte passée, la procession se remet en marche. Le peuple de Paris a retrouvé sur les chemins de l'exode les réfugiés du Nord et de l'Est. Au gré des villes, des villages et des hameaux, la marée humaine avance vaille que vaille. Au début, les paysans leur offraient le gîte, parfois un repas ou des fruits pour les enfants. Maintenant, ils font tout payer à un prix exorbitant, quand ils daignent vendre quelque chose.

« J'en peux plus », gémit une femme qui pousse une brouette dans laquelle dort un enfant épuisé. Il rêve peut-être, ce minot, au canari qu'il n'a pu emporter avec lui, et à qui il a ouvert la porte de sa cage. L'oiseau a trouvé une liberté qu'il ne connaissait pas, dont il ne voulait pas. Il est sans doute allé se mélanger aux moineaux de Paris, ces bâtards dont il n'a pas la résistance. La guerre le force maintenant à chercher sa pitance. Ses jolies plumes et son sifflet mélodieux ne lui seront désormais d'aucune utilité. Il est déraciné, comme le gamin qui somnole sur son tas de frusques.

Toutes les routes sont encombrées de carcasses de voitures encore fumantes. Certains ont un but. Ils savent où ils vont et chaque pas les rassure. Les autres, les « on verra bien », portent l'inquiétude sur leur visage. Ils fuient, la rage au ventre, parce qu'ils ont peur.

Partie le mardi 11 juin à l'aube, à bord d'une Citroën traction avant onze chevaux, la famille arrive au petit matin du 14 en vue d'Argentan. Au même moment, les Allemands investissent Paris, « ville ouverte ». La défaite est consommée et le gouvernement français est en fuite à Bordeaux.

Au bord d'une petite route à quelques kilomètres d'Argentan, Joseph aide à porter les valises dans une ferme à la lisière de la forêt de Gouffern arrosée par la rivière Ure. L'église sans âge, dont le toit aurait bien besoin de réparations, semble avoir poussé au milieu d'une clairière. Le gazon s'enlumine de petites fleurs multicolores. Un chemin gravillonné mène à la mairie qu'on croirait adossée aux arbres comme pour défendre l'accès à la forêt. Sous le mot « mairie », en lettres plus petites, il y a « école », et au-dessus de ces deux inscriptions, en lettres de brique rouge se détache la devise de la République.

Avec la ferme, trois maisons composent le petit bourg. Du haut de la route de Putanges, on voit Argentan dont les six mille habitants semblent loin du grondement des canons et du martèlement des bottes de la Wermacht.

Les murs blanchis à la chaux de la grande pièce sans confort sont percés de deux fenêtres sans volets, mais garnies de rideaux. Une ampoule saturée de chiures de mouches pend au bout d'un fil électrique. Sur le sol de carreaux rouges, irréguliers et usés, le fermier a installé cinq lits en fer à une place, garnis d'une literie trouée ici et là, mais propre. Le fond de la grande salle a été isolé par un épais drap de lin tendu sur une corde. Il abritera le couple d'amis qui a conduit la famille jusqu'ici. Ce sont de lointains cousins du fermier qui a accepté de les héberger tous, contre participation aux frais. Les repas seront pris en commun avec la famille du paysan dans la salle principale de la ferme, où une cheminée occupe tout un mur, et dont l'âtre noirci dit l'ancienneté.

Pour l'heure, tout le monde est réuni autour de la longue table de chêne flanquée de bancs. Les bols fument et répandent une délicieuse odeur de lait frais dans lequel trempent les morceaux de pain rassis. Adèle regarde ses enfants qui se jettent sur les épaisses tartines de confiture maison. Elle est anxieuse et craint pour Samuel dont elle est sans nouvelles depuis sa permission.

À Paris, l'appartement et l'atelier sont à la merci des voleurs qui pillent les locaux abandonnés, comme si la fatalité s'acharnait sur ceux qui ont fui. Elle ne sait pas encore que la peur sera, pour des années, sa compagne de tous les instants. Elle imagine avec angoisse les oriflammes allemandes remplaçant le drapeau tricolore. Le défilé, au pas de l'oie, de l'armée occupante. Elle voit la foule silencieuse des Parisiens regardant les vainqueurs fouler les Champs-Élysées.

Joseph découvre les petits matins à la campagne.

Ses bruits familiers et ses odeurs tenaces. Les poules caquettent autour de la fermière qui tire de son tablier retroussé des poignées de grain que les volailles engloutissent en se bousculant. Il suit la paysanne qui fait le tour des nids et remplit d'œufs encore chauds son panier d'osier. Elle lui montre comment gober un œuf après l'avoir percé d'une épingle. Ensuite, ils vont ensemble donner de l'herbe aux lapins enfermés dans leurs clapiers. Joseph se pince le nez tant l'odeur est forte, mais il s'amuse à la vue de leurs yeux ronds et rouges et de leur derrière blanc. Dans la cour, il voit partir les vaches houspillées par un chien furieux. Leurs pis sont dégonflés et du lait bouillonne dans les seaux. Joseph admire la docilité du percheron aux pattes musclées que l'on attelle à la carriole, et qui mènera la fermière au marché où elle vendra ses produits. Il reste ébahi devant la force tranquille des bœufs qui lancent leur queue de part et d'autre pour écraser les mouches importunes.

Joseph entend les cloches appeler les fidèles à la messe, ce dimanche 16 juin. Étranger à tout cela, il regarde les gens de la campagne coincés dans leurs habits « du dimanche » – cols empesés et robes à longs jupons – écraser de leurs lourds godillots ou de leurs sabots le gravier jusqu'à la porte de l'église ouverte à deux battants où les attendent le curé et deux enfants de chœur en aube de dentelle.

* *
*

L'unique salle de classe est presque entièrement occupée. Dix tables de deux, soit vingt places dont quatre pour la famille, trois pour d'autres réfugiés et onze pour les enfants du village et des alentours.

Un seul instituteur pour tous. Les aînés occupent la rangée de droite ; les tout-petits, dont Henri, sont devant, et les « pas encore grands », à gauche.

Ce mercredi de juin, les fenêtres sont largement ouvertes sur la petite place au gazon fleuri. Joseph est plus intéressé par le manège des oiseaux qui s'enfouissent dans les branches d'un arbre séculaire que par la leçon du drôle de petit bonhomme en blouse grise au crâne dégarni couvert d'un béret noir. Henri joue par terre avec la voiture de pompiers qui ne le quitte jamais. Anna et Charlie écrivent sous la dictée du maître. Anna, qui a déjà son certificat d'études primaires, s'ennuie ferme et décide brusquement qu'elle en a assez. Elle demande poliment la permission de sortir.

En juin, les travaux des champs s'arrêtent au coucher du soleil. Le dîner s'en trouve retardé. En cette période troublée, la veillée se passe à écouter la TSF plutôt qu'à parler des problèmes du canton.

Un matin, Joseph est penché sur son cahier, essayant de trouver à combien sera ramenée la surface d'un champ de 4 hectares 2 ares, si on prend 7 ares pour faire un chemin, 2 ares 50 pour construire une maison plus 4 pour faire un jardin.

– Joseph ! Tu n'entends pas, crie le maître. Ton père est dehors, il t'attend.

Fraîchement démobilisé, Samuel est venu chercher la famille pour la conduire à Brunoy où les enfants passeront l'été. Les Français n'ont pas le cœur à célébrer la fête nationale. On espère, on attend le retour des prisonniers. Joseph l'ignore, mais M. Angelucci est de ceux-là.

Des bruits courent sur certaines lois qui seraient destinées aux Juifs. Et ces rumeurs sont bientôt confirmées : le 16 juillet, certaines catégories de naturalisés peuvent être déchues de la nationalité française. Le 17 est promulguée une loi stipulant que certaines fonctions sont inaccessibles aux Français nés de père étranger. Décrets et lois se succèdent concernant le « statut des Juifs ». À l'instar de leurs maîtres nazis, Pétain et ses séides ont instauré une catégorie de « sous-hommes » sur le territoire français.

* *
*

Charlie et Joseph s'arrêtent sur le côté de la route nationale qui longe la forêt de Sénart où ils se sont promenés.

– Regarde, Charlie. Des soldats français.

– Soldats français, mes fesses. C'est des Boches.

– J'en avais jamais vu.

Un convoi de camions débâchés dans lesquels ont pris place des soldats de la Wermacht, des automitrailleuses, des canons, des side-cars et quelques berlines noires occupées par les officiers entourés de motards : tout un régiment en route pour Paris passe devant les deux gamins dans un fracas étourdissant.

– Viens, dit Charlie. Planquons-nous derrière un arbre.

– Pourquoi ?

– Parc'que les Allemands nous aiment pas.

– Pourquoi ?

– Merde ! Viens. Y nous aiment pas parc'qu'on est juifs.

– Comment qu'y peuvent savoir ? On a gardé nos culottes.

– C'est papa qu'a dit qu'y faut s'méfier.

– Trop tard, y sont passés.

Charlie hausse les épaules et traverse la route en courant, suivi par son frère.

Ce soir-là, Joseph s'endort très vite mais sa nuit est peuplée de rêves. Sur une route sans fin qui, bien que plate, se perd dans les nuages, il voit tout un régiment de soldats allemands. Curieusement, ils sont tous à l'image du répétiteur qui l'avait puni quand il faisait des glissades à l'école. À chaque camion qui passe devant lui, tous les visages se tournent dans sa direction et lui grimacent un sourire qui découvre des rangées de dents longues et pointues.

Plus tard, dans la nuit, il fait un autre rêve. Il voit Srulké, le petit tailleur qui lui a révélé sa judaïcité, courir dans la cour de l'école, pourchassé par des gamins hurlants. Joseph ne participe pas au jeu, il en est spectateur. Ses jambes sont de plomb et les semelles de ses galoches clouées au sol. Il est incapable de bouger. Soudain, il est à la place de Srulké, c'est lui qui est poursuivi. Il court et fait des bonds immenses chaque fois que ses poursuivants vont l'atteindre. Une main le secoue, il s'éveille en sursaut.

– Pourquoi cries-tu comme ça ? T'as fait un cauchemar ? s'inquiète Anna.

– Tu pourrais pas comprendre.

Il se retourne vers le mur et se rendort aussitôt.

* *
*

La chasse aux doryphores, les promenades dans le bois, les jeux dans le jardin ; mais plus de Gervaise car maintenant on voit des soldats allemands dans les guinguettes. Le mois d'août s'étire.

Henri arrose son pêcher qui ne donne pas encore de fruits. Anna et Charlie écoutent les nouvelles sur Radio-Paris et attendent, pleins de nervosité, les parents dont les visites se font de plus en plus courtes et rares.

Malgré son jeune âge, Joseph sent naître en lui un nouveau sentiment. Une espèce de crainte qui ne se dit pas encore de la peur. Une impression de « mal à l'aise », de quelque chose qui flotte autour de lui, impalpable mais omniprésent. Insaisissable, indéfinissable. Ici, là, parfois au creux de l'estomac, mais toujours quelque part dans l'esprit.

Il écoute son père, qui ne sourit plus comme avant, parler avec ses oncles.

– On ne peut quand même pas tout abandonner, et pour aller où ?

– En zone libre. En Amérique, en Angleterre. Là où les Allemands ne seront pas.

Samuel hoche la tête, acceptant la fatalité de ce qu'il comprend être inéluctable. Août est passé. Nul n'a bougé.

Ce dimanche 29, entouré d'amis, presque toute la famille est réunie dans le salon du grand pavillon de Brunoy. Ça discute ferme. On pourrait presque croire qu'ils tiennent un meeting. L'heure est grave, une décision importante doit être prise. Faut-il, oui ou non, se présenter dans les commissariats de police pour faire apposer sur ses papiers d'identité le tampon « Juif », comme le veut l'ordonnance du 27 septembre 1940 de l'État français ?

Malgré les injonctions d'Adèle pour qu'il aille dans le jardin, Joseph, bien qu'il ne comprenne pas tout, veut quand même écouter ce qui se dit. Il pressent dans son for intérieur que la situation est importante.

– À quoi ça va servir, ce tampon sur nos cartes ?

– À savoir combien il y a de Juifs en France.

– Pour faire des statistiques.

– Ou bien pour donner aux Allemands un fichier avec l'adresse de chacun de nous.

– Les Français ne sont pas comme les Allemands.

– Ah ! Tu crois. Et qu'est-ce qu'il s'est passé à Nice ? C'est rien peut-être ?

– Je ne suis pas au courant.

– Samedi dernier, Doriot et ses sbires du Parti populaire français ont manifesté contre nous.

– En France ? Des pogroms ?

– Où crois-tu ? À Pitchipoï[1] ?

Les questions, les réponses fusent, se confondent, circulent, se croisent et reviennent toutes à la case départ.

1. *Nom d'un village juif imaginaire.*

– Mais alors, que faut-il faire ? Si on se fait recenser, on est sur la liste. Si on ne le fait pas, on est en tort.

– La loi, qu'est-ce que ça peut foutre, la loi ? Tu crois qu'il s'est gêné, le maréchal Pétain pour abroger celle d'avril 1939 qui interdisait la propagande antisémite ? Maintenant, ça y est, c'est autorisé. C'est légal et même conseillé. Tu n'as qu'à lire certains journaux. Peut-être que tu comprendras. Moi, je n'irai pas me faire recenser.

– Moi, j'irai. Je suis français, j'ai fait la guerre. Je suis même décoré. J'ai confiance.

Cet innocent faisait partie des quarante mille volontaires juifs qui, dès le début des hostilités, s'engagèrent dans l'armée française, formant cinq régiments et cinq bataillons affectés sur les lignes combattantes. Certains furent versés dans la célèbre 13e demi-brigade de la Légion étrangère. Quelques-uns avaient déjà répondu à l'appel du général de Gaulle et l'avaient rejoint.

Le lendemain, 30 septembre, comme cent cinquante mille de ses coreligionnaires chefs de famille, Samuel se fait recenser. Seuls une vingtaine de milliers eurent la sagesse de s'abstenir. Par la suite, on apposera sur la porte de l'atelier de Samuel une affichette en deux langues : « Entreprise juive – *Judisches Geschaft* », et un administrateur provisoire sera nommé, chargé de vendre ou de liquider ladite entreprise.

* *
*

Jeudi 3 octobre 1940, c'est Roch ha-Shana, le Nouvel An juif. Un tract gaulliste a été placardé sur les murs de Paris. Vichy, sans que les autorités occupantes aient réellement fait pression, promulgue le « statut des Juifs » dans lequel est défini qui est de race juive.

Arrive bientôt la rentrée des classes, à l'école de garçons de la rue Béranger. Écrit en grand, au tableau noir, face aux élèves : « Travail – Famille – Patrie ».

C'est la première chose que voit Joseph en entrant dans la classe. Il courbe la tête, comme il l'a courbée sous le préau lorsque certains de ses camarades de l'an dernier ont refusé de lui serrer la main et de jouer avec lui.

L'instituteur fait l'appel :

– … Feldman.

– Présent, m'sieur.

– Youpin, crie une voix.

Le jeune Feldman pâlit, se retourne pour voir un gros blond le dévisager avec insolence. Joseph sert les poings. Le maître fait la sourde oreille.

Selon la tradition, les comptes se règlent à la récréation.

– Qu'est-ce que t'as dit t'à l'heure ?

Joseph interpelle le grassouillet antisémite. Son copain Feldman et deux autres gamins sont avec lui.

– C'est pas à toi qu'j'ai causé.

– C'est pareil. Répète un peu pour voir.

Les clans se forment. Un cercle entoure les belligérants. On tient le gros blond pour le plus fort de la classe.

De l'autre bout de la cour, Charlie voit la scène. Il comprend et accourt.

– Qu'est-c'qu'y a ?

– Ce con a traité Feldman de youpin.

– Et toi aussi t'en es de sale youpin, crache le blond à Joseph.

– Allez, dit Charlie. Montre-lui qui tu es à ce merdeux.

Sans plus réfléchir, Joseph fonce les poings en avant. Il balance des coups de pied et ne sent pas les gnons pleuvoir sur lui. Il vide sa rancœur et sa peur sur ce môme qui ne fait que répéter ce qu'il entend chez lui.

– Vingt-deux, v'là l'instit.

Le combat cesse immédiatement et tout rentre dans l'ordre. Malgré l'insistance du maître, personne n'a rien vu, rien entendu. Il ne s'est rien passé. Joseph saigne du nez, qu'il tamponne avec le mouchoir prêté par Charlie. Le grand frère passe un bras autour des épaules du petit.

– Ça va ? T'as pas mal ?

Joseph secoue négativement la tête. Il regarde fièrement son aîné, l'air de dire : « Tu vois, j'ai pas peur, et j'suis presque aussi fort que toi. »

Première leçon de chant de l'année scolaire. Toute la classe se rend dans la salle de musique. Au tableau sont écrits les premiers vers d'une chanson créée par André Dassary. Le professeur s'installe à l'harmonium et joue la mélodie que tous les écoliers connaissent pour l'entendre régulièrement à la TSF.

– Bon. Maintenant, tous ensemble. Quatre, trois, deux, un…

Les élèves entonnent d'une voix claire : « Maréchal, nous voilà… »

Malgré un excellent travail, Joseph n'obtient que des notes médiocres. Tout comme son camarade Feldman et les autres copains. Les bons points du Maréchal vont de préférence aux élèves de confession catholique dont le nom fleure bien la France profonde.

L'année va s'achever. Joseph est triste. Il n'y aura pas de visite aux vitrines animées des grands magasins. Les parents ont peur de sortir dans les rues où se pavane la soldatesque allemande. L'école est fermée, les vacances de Noël et du Jour de l'an se passeront à la maison.

IX

IL FAIT FROID EN CE DÉBUT 1941. Le crachin glacé qui tombe sur Paris rend glissants trottoirs et chaussées. Les restrictions sont de plus en plus sévères, et dans les appartements chauffés avec parcimonie, on se couvre de vêtements enfilés les uns sur les autres. La nuit tombe vite, et ce n'est pas la lumière bleutée « défense passive » des réverbères, ni les rares voitures aux phares à demi voilés, qui pourraient éclairer les rues. Paris, frisquet dans les corps et dans les âmes.

Joseph et Charlie s'arrêtent parfois à l'entrée du square du Temple sans oser la franchir, l'interdiction leur barre le passage. De l'autre côté des grilles, les garçons jouent aux billes, les filles à la marelle. Une fois, le gardien rougeaud et moustachu que les gamins ont baptisé « n'a qu'une jambe » est venu vers eux.

– Alors, les p'tits. On n'entre pas s'amuser ?

– On peut pas.

– Pourquoi donc ?

Charlie hausse les épaules et désigne la pancarte « Interdit aux Juifs ».

– Ben, ça se voit pas que vous êtes juifs. Entrez donc puisque j'vous autorise.

– Non. Mon père veut pas. Faut être prudent, qu'y dit. Y aura toujours un connard qu'ira nous dénoncer.

– Ah ! Y veut pas. L'a p't'ête raison. On sait jamais. Tiens, les mômes, dit-il en sortant de sa poche deux superbes calles en verre, sans doute confisquées à d'autres gosses. Tiens, c'est pour vous. Chacun une.

– Non merci, m'sieur, dit Charlie.

– Non merci, répète Joseph qui regrette.

« N'a qu'une jambe » s'en va de sa démarche de canard. Les gamins le suivent d'un regard brouillé de larmes qu'ils retiennent avec peine. Quelques moutards les aperçoivent et leur font des grimaces. Charlie entraîne son frère plus loin.

Mis à l'index alors qu'il se sent pareil aux autres, Joseph essuie les sarcasmes de certains commerçants quand il lui arrive d'aller faire les courses. « Regardez le petit Juif, comme il attend sa monnaie », ironise le boulanger, l'épicier, ou un autre. « Regardez ! Ils sont moins fiers maintenant. »

Joseph se demande quand il a été fier. Peut-être le jour où, la poitrine bombée, il arborait la croix d'honneur obtenue à l'école. Peut-être aurait-il dû ne pas l'épingler à son revers, mais la cacher, comme s'il l'avait volée ?

– Qu'y a-t-il ? demande Adèle à son retour.

– Rien.

– Si, je sais qu'il y a quelque chose.

– Non, y a rien. Mais s'il te plaît, maman, je voudrais plus faire les courses.

Aidla hoche la tête. Elle a compris.

– Viens, Yosselé[1]. Viens, mon petit. N'aie pas de peine, les gens sont comme ça : un jour gentils, un jour méchants.

Accoudé à la grande table de la salle à manger, Joseph cherche sur une carte de France les villes dont les parents parlent si souvent et avec inquiétude : Pithiviers, Beaune-la-Rolande, Compiègne, Drancy, Gurs, Rivesaltes, Le Vernet, d'autres encore… Avec un gros crayon rouge, il coupe la France en deux ; une zone occupée, et une libre.

Cette année, les Pâques sont frugales, et le repas du Sédère pris à midi en raison du couvre-feu. Oncle Maurice est là avec les grands-parents. Mais certains sont déjà partis en zone libre, d'autres n'osent plus sortir de chez eux, effrayés

1. *En yiddish, diminutif affectueux de Joseph.*

par les bruits qui courent sur les rafles toujours possibles.

– Je vous le dis, Paris devient dangereux pour nous. Il va nous falloir partir.

– Pour où ? Il faut des papiers, des sauf-conduits, de l'argent.

– Faut passer la ligne n'importe comment, mais faut partir.

Le désarroi se lit sur le visage de ces hommes qui, il y a peu, portaient l'uniforme français. Ces hommes rejetés par un pays qu'ils avaient assimilé à la liberté. Anna, Charlie, Joseph et Henri sont en bout de table. Cette fois personne ne posera les questions rituelles.

Le quartier où vit Joseph est devenu triste. Dans la rue, les gens marchent vite, pressés de se mettre à l'abri. Même les odeurs ont disparu. La boulangerie, qui sentait si bon la fournée du matin, n'embaume plus le voisinage. On ne grille plus le café et le torréfacteur a fermé boutique. Le bougnat ne transpire plus sous ses sacs. Les marchandes de quatre-saisons sont maintenant silencieuses. Il n'y a plus de sucres candis dans le haut sac de jute. Plus que des tickets d'alimentation, de rationnement plutôt, et l'angoisse au quotidien.

Le mois de mai est pourtant bien joli à Paris. Ignorants de la folie des hommes, les bourgeons ont éclos et les feuilles tendres rappellent une douceur de vivre hélas disparue.

Devant la mairie du 3e arrondissement, rue Perrée, des badauds s'attroupent pour assister à une rafle. Joseph regarde lui aussi. Il se tait. Soudain, un doute affreux le saisit, il court à l'atelier de son père, grimpe quatre à quatre. Il est presque rassuré de voir la fameuse affiche « Entreprise juive » sur la porte qu'il ouvre à la volée. Son père est là, derrière sa table de coupe. Joseph se jette dans ses bras et le serre fort.

– Papa, t'es là ? Oh ! Papa, t'es là ?

– Bien sûr que je suis là, où voudrais-tu que je sois ? Qu'y a-t-il, Joseph ?

L'enfant raconte.

– Viens, Joseph, on rentre à la maison.

Un peu plus tard, Joseph surprend une conversation entre ses parents. Il est question de partir, de fuir, de se sauver.

– Je vais me renseigner, Adèle. Ne t'affole pas. Mais nous devons maintenant être très prudents.

* *
*

Vendredi 17 mai, midi.

Cartable au dos, Joseph sort de l'école. Malgré le soleil qui brille dans un ciel tout bleu, il marche la tête basse. Il ne peut chasser de son esprit l'image de ces hommes serrés les uns contre les autres devant la mairie, entourés d'un cordon de police les séparant des badauds. Il a hâte de rentrer mais ses pas le ramènent rue Perrée. Il veut revoir le lieu de la rafle. La tête toujours baissée, il descend la rue de Franche-Comté et, à l'angle de la rue de Picardie, se heurte à un groupe de trois Allemands. Pétrifié, il s'arrête net, prêt à cavaler à toutes jambes. L'un des soldats lui passe la main dans les cheveux et dit dans un français parfait, mais avec un fort accent germanique :

– Alors, mon garçon.

– Excusez-moi, m'sieur.

– Ce n'est rien. Comment t'appelles-tu ?

– Joseph, m'sieur. J'peux partir ?

– Tu es pressé ?

– Un peu, m'sieur.

Joseph danse d'un pied sur l'autre. Il n'est pas tranquille et, prêt à bondir, racle le trottoir de la semelle, comme un pur-sang devant le starter.

– Tu sais, insiste le soldat, j'ai un fils qui m'attend en Allemagne. Il est aussi grand que toi. Quel âge as-tu ?

– Neuf ans aujourd'hui, m'sieur.

Pourquoi avoir ajouté « aujourd'hui » ? C'est venu tout naturellement. Ce jour est bien celui de son anniversaire, mais qui pourrait s'en souvenir en ces temps troubles ? Il sait qu'il n'aura pas de cadeau.

Son père n'a plus beaucoup de travail, et tout est si cher.

– Ah ! C'est ton anniversaire aujourd'hui. Eh bien, Joseph, je vais te faire un cadeau.

Il sort un billet et le lui tend.

– Tiens, c'est pour toi, et bon anniversaire. Tu pourras t'acheter des bonbons. Allez, prends et sauve-toi.

Le gamin n'attend que ça. Le billet à la main, il détale et ne s'arrête pour reprendre son souffle qu'arrivé en bas de chez lui. Il fourre le billet dans sa poche, bien décidé à ne rien dire pour ne pas inquiéter les siens. « Tout de même, pense-t-il, c'est le seul cadeau que j'aurai aujourd'hui. »

L'après-midi, ses parents prennent le thé au salon. Ils font tremper dans l'eau chaude le sachet qui a servi la veille et qui risque de servir à nouveau le lendemain. Joseph est dans sa chambre, Anna le rejoint.

– Viens, les parents t'appellent.

Surprise ! Adèle a fait un *boubeleh* tout saupoudré de sucre, comme avant. Et Samuel lui tend un paquet !

– Alors, Joseph. Tu croyais qu'on avait oublié le jour de ton anniversaire ?

Tout ému, le gamin défait la ficelle avec précaution (elle peut resservir), et découvre le superbe Meccano que Samuel lui a acheté d'occasion.

Joseph se lève et présente son postérieur à son père. Il faut respecter la tradition familiale. Samuel s'exécute en riant. Neuf coups, plus un pour que ça porte bonheur.

Joseph ferme les yeux très fort et fait un vœu en forme de prière.

– S'il te plaît, mon Dieu, gardez-moi mon papa et ma maman, et aussi Anna et Charlie et mon petit frère Henri. S'il te plaît, dit aux Boches de nous laisser tranquilles.

Et puis il tend le billet allemand à son père et raconte comment il l'a eu. Samuel et Adèle se regardent à la dérobée.

– Allons, buvons notre thé pendant qu'il est encore chaud, dit le père d'une voix rauque.

La nuit suivante, Joseph dort mal. Il est poursuivi par des Allemands brandissant un billet de banque à la main. Il connaît la peur, la vraie. Celle qui tenaille le ventre, prend les tripes et paralyse le corps. Une course folle l'amène rue Perrée. Il est parmi ceux qui sont arrêtés. Soudain, la rue se vide. Il est seul au milieu de la chaussée, entouré de visages grimaçants. « N'a qu'une jambe » lui sourit de sa bouche édentée et lui tend une calle de verre brillant. Joseph veut s'en emparer mais se brûle à son contact. Ses copains de classe sont là aussi, même le gros blond qui le traite de « sale youpin » en lui tirant la langue. Le bougnat est là et veut le mettre dans un sac de charbon. Joseph se débat mais le boucher lui tient les bras et l'épicier veut lui glisser des pièces de monnaie entre les lèvres. Monsieur Angelucci le libère. Charlie, Anna, Henri et ses parents sont là, eux aussi, dans la foule qui gesticule, mais ils ne bougent pas. Ils sont pâles, immobiles. Brusquement on s'écarte pour laisser passer les trois Allemands qui vont l'attraper.

– Maman !

– Joseph, calme-toi, mon petit. Tu es en nage. Tu as fait un mauvais rêve.

Il est en effet en transpiration. Bien éveillé maintenant, il pleure dans les bras de sa mère, la tête enfouie dans sa poitrine.

Le lendemain, il est fiévreux, plus de 39 °C. Appelé aussitôt, le médecin a prescrit du repos ; alors, assis sur son lit, il joue avec son Meccano.

Le 23 mai, Joe Louis, encore lui, plus que jamais « bombardier noir », conserve son titre de champion du monde pour la dix-septième fois en battant Buddy Baer.

– Dis voir, Charlie, tu crois que tu pourrais battre Joe Louis ?

– P't-être pas maintenant, mais quand j's'rai grand, c'est possible.

Joseph regarde son frère avec admiration. Il est sûr que Charlie pourrait y arriver.

La première « fête des Mères » a été fixée au 14 mai 1941. Joseph a fait un dessin qu'il donne fièrement à Adèle. Il a représenté une maison avec une cheminée qui fume et de larges fenêtres ouvertes. Quelques arbres et beaucoup de fleurs. Dans le jardin, le père, la mère et les quatre enfants sont attablés devant une soupière. Une barrière entoure l'ensemble. Sur la porte : « défense d'entrer ». Et dans un angle du dessin : « Tu es la plus belle des mamans, je t'aimerai toute ma vie. Joseph. »

Fin juin, les vacances sont là. Beaucoup d'enfants vont partir à la campagne. La famille reste à Paris ; avec les contrôles sur les routes, il serait risqué d'aller à Brunoy.

– Maman, j'peux aller jouer chez Jacquot ?

– Non, Joseph.

– Mais pourquoi ? On sortira pas. On jouera chez lui.

– Non, Joseph. Jacquot est parti avec sa famille.

– Où ça ?

– En zone libre.

– Et nous, c'est quand qu'on part ?

Le 14 août, un jeudi, on sonne à la porte. Joseph ouvre.

– Maman, c'est la concierge. Elle veut te parler.

Petite, le visage sec et sans maquillage, les cheveux tirés en arrière dans un chignon que retient un élastique, Mme Cécile va droit vers le salon et s'installe dans un fauteuil sans y être invitée. Debout devant elle, Adèle s'inquiète d'une telle intrusion.

– Que puis-je faire pour vous, madame ?

– Rien. C'est moi qui peux faire quelque chose pour vous.

Adèle est sur la défensive. Autant la concierge était serviable avant la guerre, autant depuis l'Occupation et les lois antijuives, elle est devenue agressive, méchante même.

– Madame Adèle...

Avant, elle disait « Madame » avec déférence. Aujourd'hui, elle se croit autorisée à une certaine familiarité. N'est-elle pas, en qualité d'aryenne, la supérieure de ces Juifs !

– Madame Adèle, vous avez sûrement lu le journal d'hier à propos des postes de TSF. Vous savez que vous, les Juifs, vous y avez plus droit. Vous devez les porter au commissariat. Vous, j'sais qu'vous en avez deux, mais j'vous ai pas vu les emporter.

Elle termine sa tirade par un regard circulaire autour du salon.

– Tiens ! La preuve. Y en a un là, sur la ch'minée. L'autre, j'crois ben qu'il est dans vot'salle à manger.

– Oui, je sais, madame, on voulait aller les porter, mais on n'a pas encore eu le temps.

– Y a pas d'urgence, madame Adèle, mais faudrait pas oublier. J'veux pas d'histoires, moi.

– Mais en quoi ça vous regarde ? Ça n'entre pas dans votre travail.

Le visage de la gardienne se ferme, sa voix passe en sifflant entre ses lèvres pincées.

– Le prenez pas comme ça, madame Adèle. Moi, ce que j'en dis, c'est pour vous rendre service. Maintenant, si vous voulez pas, rien m'empêche d'aller dire aux agents que vous respectez pas les lois.

– Vous ne feriez pas ça ?

– Et pourquoi pas ! Qui c'est qui m'en empêcherait ? Pas vous, en tout cas.

– Attendez, madame. Attendez-moi un instant, je reviens.

Adèle revient, un billet de 500 francs plié dans sa main. Elle le glisse dans la poche du tablier de la concierge qui se lève, un sourire condescendant aux lèvres.

– Bon, j'ferme les yeux. Mais c'est bien pour vous rendre service, et parce que c'est vous et qu'on vous aime bien. Mais faut au moins en rapporter un. Pour l'autre on verra bien, plus tard.

– Merci, madame. Merci beaucoup.

– Y a pas de quoi, faut bien s'aider entre femmes. Après tout on n'est pas des animaux. Pas vrai ?

Sur le pas de la porte, elle se retourne :

– À propos, vu qu'vot'mari y s'lève tôt pour aller travailler, vous pouvez p'têt'y demander de sortir les poubelles. Ça m'fera dormir une heure de plus, et lui ça l'dérang'ra pas trop vu qu'il est déjà debout. Allez, au r'voir ma p'tit'dame. Mon mari et moi, on aime bien vot'famille. C'est dommage que vous soyez juifs ; ici, vous comprenez, c'est quand même la France.

Sur le point de sortir, elle se ravise et ajoute :

– Pendant qu'vous y êtes, demandez donc à vot'mari de n'pas faire trop de bruit en sortant les poubelles. Pour ne pas nous réveiller.

Derrière elle, la porte a claqué. Adèle ne bouge pas. Joseph a tout entendu, il prend la main de sa mère et regarde ses larmes avec tristesse.

– Viens, Joseph. Tu dois avoir soif. Je vais te faire un verre de lithiné.

Les rues ont changé de décor. Si la circulation est toujours réglée par un agent de la police parisienne, des panneaux de signalisation en allemand ont poussé, tels des champignons vénéneux. Les bâtiments officiels et les grands hôtels sont truffés de drapeaux nazis. Le rationnement de l'essence a réduit la circulation automobile, mais certains véhicules sont déjà équipés de gazogène, et les vélos-taxis envahissent les chaussées. Du nord au sud, la France survit à coups de système D, marché noir, embrouilles, relations et petites combines. On boit de l'ersatz de café sucré à la saccharine, on s'habille de tissus où la fibranne a remplacé une partie de la laine. Le pain a changé de couleur. Sali par la guerre, il est devenu noir. Les semelles de bois des élégantes claquent sur le pavé de Paris tandis que leurs chapeaux s'agrandissent et s'entourent de tulle.

Un jour, dans la salle de bains, Joseph surprend sa mère et Anna absorbées par un curieux manège.

– Qu'est-ce vous faites ?

– J'aide maman à se teindre les jambes, répond Anna, un pinceau à la main.

– Ben, pourquoi faire ?

– Parce qu'il n'y a plus de bas, et quand on en trouve, ils sont bien trop chers.

Stupéfait, Joseph les regarde d'un drôle d'air et sort en haussant les épaules tout en maugréant :

– Et moi, quand j'aurai plus de chaussettes, on m'peindra aussi les jambes ?

Il sort sans attendre la réponse. « Papa a raison, pense-t-il, parfois les femmes sont bizarres. »

Tout est devenu compliqué. Il faut même faire la queue pour acheter des produits de première nécessité. Les femmes échangent des recettes économiques. Le rutabaga devient le légume national. Le navet et le chou-rave sont accommodés de mille façons. Joseph aide sa mère à éplucher les topinambours encore bouillants qu'Adèle servira avec une sauce à l'huile de fantaisie. Il arrive pourtant que le repas soit amélioré de bonnes choses, dont Joseph croyait avoir oublié le goût, lorsque payé en nature par un boucher ou un épicier, Samuel rapporte un paquet soigneusement caché sous sa veste.

* *
*

Le mercredi 20 août, Samuel rentre plus tôt. La porte à peine fermée, il appelle tout le monde. Son visage est défait, ses mains tremblent en allumant une cigarette.

– Vite, venez. Écoutez !

La famille se précipite au salon. Surprise en plein repassage, Adèle arrive aussitôt, les cheveux pris dans un turban.

– Samuel, que se passe-t-il ?

– Tout le 11e est cerné par la police et les Allemands. Ils sont partout, jusque dans le métro. On arrête tous les Juifs, même les enfants.

Anna se met à pleurer et se blottit contre sa mère. Henri s'y réfugie aussi mais ses yeux sont secs. Charlie et Joseph se regardent. Le grand frère qui vient d'avoir douze ans bombe le torse et, dos à la porte, se campe en rempart. Ses yeux sont brillants, et son attitude volontaire rassure un instant Joseph. Mais Samuel poursuit :

– On dit que les Allemands ont le fichier des Juifs qui se sont fait recenser. J'aurais dû écouter Maurice. Ce jour-là, j'aurais mieux fait de me casser une jambe !

– Ce n'est pas le moment de regretter, dit Adèle. Qu'est-ce qu'on fait ? Est-ce qu'ils vont s'en tenir au 11e ou nous rafler dans tout Paris ?

– Je ne sais pas.

Samuel est de plus en plus abattu, à deux doigts de craquer. C'est trop dur, toute sa vie, il a été traqué. Essayant de se créer une identité, de vivre en liberté, d'aimer en toute quiétude. Luttant par son travail pour le droit à exister. Tant qu'il était seul, il supportait tant bien que mal, mais maintenant il a femme et enfants. Il se doit de les protéger. Le petit tailleur juif du 3e arrondissement est acculé, face à une armée d'hommes et une police en chasse.

– Faut être prudent. Il faut monter au sixième.

Joseph connaît le sixième étage. Ils y ont une chambre dite « de bonne », et souvent il y est monté avec sa mère pour ranger, l'été, les vêtements d'hiver, et inversement. On range aussi, là-haut, les jouets délaissés et les valises.

Samuel s'est repris :

– Allez, préparez-vous. Je vais voir la concierge.

Il frappe quelques coups discrets. Monsieur Pierre, le mari, ouvre.

– Ah ! C'est vous, monsieur Samuel. Bonjour. Qu'est-ce qu'il y a pour vot'service ?

– Je peux entrer, monsieur Pierre ?

– Si vous voulez. Faites pas attention au désordre.

La porte du bahut est ouverte. Les étagères sont surchargées de boîtes de conserve. Le gardien ferme précipitamment les battants.

– Faut bien prévoir. Pas vrai ? Et puis c'est pas vous qu'êtes juif qu'allez me dénoncer.

– Non, bien sûr. Monsieur Pierre, j'ai un grand service à vous demander. Pour vous, c'est rien à faire, mais pour moi c'est important. Bien sûr, si vous acceptez, je serai très reconnaissant et généreux.

Monsieur Pierre flaire la bonne affaire. Il sait que M. Samuel a de l'argent, peu lui importe si cet argent a été durement gagné, il en a et ça suffit à lui ouvrir l'appétit. S'il peut en profiter, il ne dira pas non.

– Prenez donc une chaise, m'sieur Samuel. Vous avez l'air tout retourné.

– Il y a de quoi. Les Allemands organisent des rafles depuis ce matin. En ce moment, ils sont dans le 11e, mais ils peuvent très bien venir dans le 3e.

– C'est possible. J'dirais même que j's'rais pas étonné.

– Eh bien, voilà. S'ils viennent, je ne veux pas qu'ils nous trouvent.

– Où qu'vous irez, à c't'heure ?

– Au sixième.

– Au sixième ? Mais c'est tout petit !

– Ça ne fait rien. Ça ne sera sûrement que pour deux ou trois jours.

– Ah bon. Quèque vous voulez que j'fasse ?

– Beaucoup. Si les agents vous demandent si on est là, dites que vous ne savez pas, que peut-être nous sommes partis.

– C'est dangereux, c't'affaire.

– Non, si vous ne leur parlez pas du sixième.

Samuel tend à M. Pierre un billet de 5 000 francs. Le concierge le plie en quatre et le glisse dans son portefeuille qu'il laisse ouvert sur la table.

– C'est dangereux c'que vous me d'mandez là. Et son regard va du porte-billets ouvert au visage de Samuel.

– Tenez, monsieur Pierre, en voilà un autre.

– Merci. Les temps sont bien difficiles.

Il referme son portefeuille, et la porte derrière Samuel.

Effectivement, la pièce mansardée est toute petite, mais Joseph ne la reconnaît pas. Plus de vêtements, plus de jouets. Contre un mur, il y a des étagères sur lesquelles des boîtes de conserve sont empilées. Une table et deux chaises pliantes. Devant le vasistas qu'on ouvre par une crémone, un petit réchaud à essence et, à côté, rangées les unes sur les autres, six valises neuves : quatre grandes et deux petites, ces dernières destinées à Joseph et Henri. Si les Allemands les découvrent, chacun doit prendre la sienne. L'eau est sur le palier, près des toilettes.

– Tenez, changez-vous, dit Adèle en donnant des vêtements aux enfants.

– Maman, qu'est-ce qu'il y a dans la ceinture ?

– Viens, Joseph, dit Samuel. Il y a de l'argent. Tu ne dois pas y toucher. Si on était séparés, ça pourrait t'être utile.

Et s'adressant à tous :

– Il ne faut pas faire de bruit. Ne pas parler fort, seulement à voix basse. Lisez, dormez, c'est tout. Il ne faut presque pas bouger. Personne ne doit pouvoir soupçonner qu'il y a quelqu'un ici. Je ne sais pas combien de temps nous resterons. En attendant, je compte sur vous.

Il est 10 heures du soir, la nuit est enfin tombée. Joseph a du mal à s'endormir. Il partage un lit étroit avec Charlie, et ils dorment tête-bêche. Dans la demi-pénombre de la nuit d'été, il voit son père s'habiller.

– Sois prudent, dit Adèle en refermant la porte.

– Où y va, papa ?

– Tais-toi, Joseph, tu parles trop fort. Ton père va voir la locataire du cinquième pour avoir des nouvelles.

– Pourquoi, elle est pas contre nous ?

– Non, pas elle, c'est une gentille femme.

Quelques instants plus tard, Samuel est de retour et gratte à la porte.

– Alors ?

– C'est affreux. Ils ont ramassé des milliers de gens. Il paraît qu'ils les envoient au camp de Drancy.

– Pourquoi ? Que vont-ils en faire ?

– Calme-toi, Adèle. Ici, pour le moment, nous sommes en sécurité. On verra demain.

Joseph se retourne sur son lit. Du moment que son père dit qu'ils sont en sécurité, il est tranquille.

Le lendemain, c'est le tour des 10e, 18e et 20e arrondissements d'être le théâtre d'arrestations. Samuel le dit à Adèle en revenant du cinquième étage.

Il y a maintenant plus de vingt-quatre heures qu'ils sont enfermés dans la mansarde. Par sécurité, on ne tire pas la chasse des toilettes, on se contente de verser des seaux d'eau. Les enfants sont énervés et on a bien du mal à calmer les pleurs d'Henri.

Le 22 août, c'est le tour du 3e d'être visité par la flicaille parisienne obéissant aux ordres de Vichy.

Le soleil est ardent sur le vasistas, et Adèle y accroche une serviette pour isoler tant bien que mal l'intérieur de la chambre. Mais il fait quand même très chaud dans cette pièce de trois mètres sur trois. Seule la nuit procure un peu de fraîcheur. Adèle a relevé ses cheveux en chignon et passe fréquemment un gant humide sur le visage d'Henri. Joseph regarde les yeux agrandis de fatigue de son petit frère. Sur le plancher, les livres d'images sont ouverts à la même page depuis plusieurs heures. Toute la journée, la tête dans les mains, Samuel reste assis sur un coin du lit. L'air est si lourd qu'il ne se permet qu'une seule cigarette, le soir. Anna tricote et brode. Son visage d'adolescente est creusé par l'angoisse. Charlie lit et relit les mêmes illustrés. Il n'a pas ouvert la bouche depuis que la famille s'est volontairement isolée, pour respecter les consignes de prudence. Son visage s'est durci et des rides barrent son front. Joseph, lui, est fatigué, et sa tête penche de côté. Comme son frère, il se tait. Il n'a pas peur, mais il ne comprend pas les raisons de cette situation. À ses yeux, le monde est en train de se diviser en deux camps : sa famille et les autres.

On mange sans appétit, chacun attend la nuit pour la fraîcheur qu'elle apporte et pour l'oubli que donneront quelques heures de sommeil. Ce sera leur troisième nuit.

Les nuages qui chargent le ciel finissent par crever. De grosses gouttes s'écrasent sur la vitre et sur le toit dans un bruit de mitraille. Le tonnerre gronde sur la ville endormie. Le vent souffle pour balayer la misère et la pluie essaie d'effacer les traces du Paris de la honte. À l'exception d'Henri, ils ont tous été réveillés. Ils attendent Samuel parti aux nouvelles. Son absence dure plus que d'habitude et Adèle s'inquiète. Enfin, on gratte à la porte. L'orage est toujours sur Paris et les éclairs qui zèbrent le ciel révèlent le visage douloureux de Samuel. Ses yeux sont gonflés, ses épaules se sont affaissées. Personne n'ose l'interroger. Son regard meurtri se pose sur chacun, s'attardant un peu plus sur celui d'Adèle.

– Il faut vous recoucher et dormir. Demain tout ira mieux.

Beaucoup plus tard dans la nuit, Samuel parle. À l'écart des enfants, d'une voix basse et lente, il explique :

– Ils sont venus dans le quartier. Ils ont arrêté des gens chez eux, dans la rue, n'importe où. Ils les ont fait monter dans des autobus, sans leur donner le temps de rien prendre. Ma mère était sortie dans l'espoir de trouver un peu à manger, elle n'est pas revenue. On l'a vue dans un autobus…

La douleur est trop forte, il ne peut continuer son récit. Sa poitrine se gonfle et sa respiration est saccadée. Il faut qu'il se contienne. Il doit retenir le grondement de sa colère, endiguer la fureur qui risque de jaillir hors de lui. Adèle le prend dans ses bras et l'oblige à poser la tête sur son épaule.

– Pleure, Samuel. Pleure ta mère, mon chéri. Pleure comme un enfant.

Et les larmes coulent, ruissellent, échappées des paupières crispées de cet enfant de quarante ans passés.

Exceptionnellement, Samuel allume une seconde cigarette. L'orage a cessé et Adèle ouvre le vasistas par où s'engouffre un peu d'air frais. Dans un sac, elle a préparé des provisions.

– Tiens, donne ce paquet à la dame du cinquième. Peut-être pourra-t-on le porter à ton père qui doit avoir faim.

Ils sont restés six jours et six nuits dans leurs neuf mètres carrés. Le septième jour, à 10 heures du matin, des pas lourds martèlent le plancher du couloir qui dessert les chambres du sixième et des coups violents ébranlent leur porte. Un élan les met debout, flageolant sur leurs jambes fatiguées, redoutant le pire, prêts à tout. Comme une grappe, les enfants sont accrochés aux bras d'Adèle. Samuel ouvre la porte… et découvre la face hilare du concierge.

– Ah ! J'savais bien que j'vous f'rais peur, dit-il en riant. Les rafles, c'est fini pour l'instant, vous pouvez sortir.

Samuel serre les poings. Il a envie de se jeter sur l'homme. Pour le calmer, Adèle lui prend la main. Et s'adressant à l'intrus :

– Merci, monsieur. C'est vraiment gentil de nous prévenir. Mais vous nous avez fait peur.

– Ben, dites donc, c'est pas grand ici. Comment qu'vous avez fait pour tenir là-d'dans.

– On n'avait pas le choix, rétorque Samuel.

* *
*

« Notre Père qui êtes aux cieux, que Votre Nom soit… » Debout, dans l'allée près de sa table, Joseph récite la prière, comme tous les garçons et filles de sa classe. Après son exclusion de la communale de la rue Béranger en raison du quota des Juifs, ses parents l'ont inscrit dans un établissement payant, qui a bien voulu l'accepter. L'externat Sainte-Élisabeth est mixte, pas seulement en matière de sexe, mais aussi pour sa tolérance, car on y reçoit quelques élèves non catholiques, sous réserve qu'ils se plient à la règle de l'école. Et voilà pourquoi le petit Joseph, ignorant les prières juives, apprend et récite le « Notre-Père ».

À l'autre bout de la classe, une petite fille, Myriam. Des anglaises brunes cascadent autour de son visage ovale, soulignant la pâleur de son teint. Elle a de grands yeux noirs qui se plissent et pétillent lorsqu'elle regarde Joseph. Ils ont le même âge, et leur situation en porte-à-faux a fait d'eux des complices. Comme des amis de toujours, ils se sont parlé dès qu'ils se sont vus, à la première récréation. Attirés l'un vers l'autre, ils se sont assis sur les marches de l'escalier qui conduit aux salles de classe.

– Comme tu t'appelles ?

– Myriam. Et toi ?

– Joseph.

Ils n'osent pas se regarder et fixent un arbre devant eux. Ils ont trop à se dire et préfèrent se taire. Ils ont pris l'habitude, maintenant, de s'asseoir côte à côte, toujours en silence.

Myriam tend à son ami un gâteau vitaminé.

– Tu en veux un morceau ?

Joseph hoche la tête et partage le biscuit.

– C'est bon.

– Oui, c'est bon.

Ils se regardent, elle lui sourit. Ses yeux se remplissent de paillettes d'or.

– C'est ta première année dans cette école ?

– Oui. Avant j'allais rue Béranger.

– Ah bon. Pourquoi tu n'y es pas retourné ?

– Parce que je suis j...

Joseph se retient d'en dire plus. Sa mère l'a prévenu, il faut être très prudent. Mais Myriam a compris.

– Moi aussi, je suis juive.

– Ah bon !

Désormais, à chaque récréation, ils se parlent. Ils se racontent et répètent ce qu'ils entendent chez eux.

– Il paraît qu'en Allemagne, les Juifs sont obligés de coudre sur leurs vêtements une étoile marquée « Juif ». Tu crois qu'en France ça va être pareil ?

– J'sais pas.

Joseph n'aime pas beaucoup qu'on parle de ces choses.

– J'ai un frère qui a dix-huit ans. Les Allemands l'ont pris et l'ont emmené à Drancy. Je crois que, de là, il est parti dans un camp en Allemagne.

– Moi, c'est ma grand-mère qu'ils ont prise. J'ai vu mon père pleurer.

– Mais qu'est-ce qu'on leur a fait ?

– J'sais pas.

Joseph se réfugie dans le silence. Il est bien content d'entendre la cloche qui annonce la reprise des cours. Il n'aime vraiment pas parler de tout ça.

Le temps passe. Les restrictions sont de plus en plus sévères. Joseph n'a plus d'amis, et il lui est interdit de s'attarder dans la rue. Il ne va même plus devant le jardin regarder les autres enfants jouer à leur aise. Ses seuls moments heureux sont ceux qu'il passe avec Myriam, assis sur l'escalier et partageant leurs goûters.

Myriam habite rue des Filles-du-Calvaire, à deux pas de l'école et tout près de chez Joseph pour qui c'est devenu une habitude de raccompagner son amie, et même parfois de prolonger leur conversation dans la cour de l'immeuble. La concierge les aime bien et les fait rougir quand elle les accueille d'un tonitruant « Bonjour les amoureux ! ». Mais elle sait se faire pardonner en leur apportant, chaque fois qu'elle le peut, une friandise, une pomme qu'ils se partagent, ou des illustrés qu'elle a récupérés dans les étages.

* *
*

Sauf Anna, exceptionnellement en retard, tout le monde est là.

– Ce n'est pas son habitude. Tu ne sais vraiment rien, Adèle ? Elle va quand même sur ses seize ans, ce n'est plus une gamine.

– Non, Samuel. Je n'en sais pas plus que toi. Tu ne crois pas que…

– Allons, allons. Ne t'inquiète pas, si c'était grave, on le saurait déjà. Les mauvaises nouvelles vont en général plus vite que les bonnes et…

Interrompus par le cliquetis de la clef dans la serrure, ils se précipitent vers l'entrée.

Le visage défait, Anna se jette dans les bras de sa mère.

– C'est terrible. C'est affreux.

Adèle caresse les longs cheveux noirs et bouclés de sa fille, et renonce pour l'instant à l'interroger. Samuel, lui, a les lèvres si serrées qu'elles sont devenues blêmes. Les sanglots d'Anna s'estompent enfin. Elle boit un grand verre d'eau et raconte :

– C'est affreux. Rachel et moi, on avait décidé de se promener. Je sais qu'il ne faut pas, mais c'est dur pour nous de rester toujours enfermées. Rien qu'une fois, on voulait revoir les boulevards, marcher comme si on ne craignait rien. Regarder les vitrines, respirer l'air du dehors comme on le faisait avant la guerre.

D'un geste, Adèle prévient l'intervention qu'allait faire Samuel.

– Nous sommes arrivées boulevard des Italiens. On s'était dit, on va jusqu'à l'Opéra et on revient par la rue du Quatre-Septembre. C'est alors que nous avons vu beaucoup de monde devant le palais Berlitz. On s'est approchées. L'immeuble était recouvert d'affiches pour l'exposition « Le Juif et la France ». D'un côté du hall d'entrée était écrit : « Le Juif et son emprise » ; de l'autre côté : « La France et ses premières mesures ». Au-dessus, un immense panneau représentant un homme hideux, aux yeux globuleux, et dont les mains crochues enserraient le globe terrestre comme pour se l'approprier.

Anna s'arrête un instant pour boire un autre verre d'eau et reprendre son souffle.

– Comme si on était obligées, on est entrées pour voir. Sur un socle, il y avait une immense statue du même affreux bonhomme de l'affiche, avec en plus un très gros nez busqué et proéminent. Croyant se rendre intéressante, une femme tripotait ce nez en grimaçant, ce qui faisait rire tout le monde autour. Il y avait aussi une bande d'imbéciles en uniforme pétainiste qui n'arrêtaient pas de faire des singeries. Ils parlaient fort et menaçaient de mort tous les Juifs. On a vu aussi une série de portraits, des slogans, des conseils pour reconnaître un Juif à coup sûr. Prises de peur, ne pouvant en supporter davantage, nous sommes sorties en courant. Dehors, nous nous sommes regardées dans un miroir. Les passants nous souriaient, croyant à des minauderies de jeunes filles. Nous auraient-ils souri s'ils avaient su que nous cherchions à voir si nous ressemblions à ces immondes caricatures ? Nous ne voulions pas en voir plus et nous avons coupé par la place de la Bourse pour rentrer plus vite. Mais là, nous nous sommes trouvées nez à nez avec un groupe de soldats allemands qui, pour s'amuser, voulaient nous empêcher de passer. Nous avons eu très peur. À un moment, l'un d'eux a dit « Jude ». Sans réfléchir, nous sommes parties en courant comme des folles. Longtemps, nous avons couru ;

heureusement, ils ne nous ont pas poursuivies. J'avais le cœur qui battait tellement fort que j'ai cru m'évanouir et nous nous sommes reposées un instant pour reprendre notre souffle.

Anna, encore haletante de son récit, reprend encore un verre d'eau.

– Je n'en peux plus, maman. Est-ce que tout va finir un jour ? Qu'allons-nous devenir ?

* *
*

Ce vendredi 12 décembre est l'avant-dernier jour de l'année scolaire. Juste avant la récréation de l'après-midi, le directeur entre dans la classe.

– Asseyez-vous, mes enfants. Cette année, en raison de la guerre, des privations, et par égard pour tous les garçons et filles dont le papa est toujours prisonnier, il n'y aura pas de fête du Nouvel An, ni de cadeaux. En revanche, pour respecter la tradition, nous aurons quand même un arbre de Noël et nous fabriquerons une crèche avec les moyens dont nous disposons. Je sais que certains d'entre vous vont avoir la chance d'aller à la campagne. Je leur souhaite de bonnes vacances et je leur demande de ne pas oublier de réciter leurs prières, surtout en cette période difficile. Qu'ils pensent à associer dans leurs vœux ceux qui souffrent souvent injustement.

Le regard du directeur s'attarde en particulier sur Joseph et sur Myriam.

– Profitez de votre séjour à la campagne pour vous faire une bonne santé et mangez bien ; là-bas, c'est encore possible. Pour les autres, je vous informe que l'institut restera ouvert et que vous serez les bienvenus si vous êtes volontaires pour nous aider à décorer l'école. Je vous en remercie par avance. Qui souhaite venir ? Levez les bras, les volontaires.

Myriam et Joseph se regardent. Ils sont d'accord. Ainsi, ils ne seront pas séparés.

Le lendemain, toute la matinée, le siège de Myriam reste vide. Pendant la récréation, Joseph s'assied sur les marches, à leur place habituelle. L'après-midi, elle n'est toujours pas là et Joseph reste assis sur le perron quand sonne la reprise des cours, après la pause.

– Si tu attends Myriam, c'est inutile. Elle ne viendra pas. Allez, mon garçon, faut rentrer en classe.

Tête basse, le petit Joseph suit le maître.

Sitôt l'école finie, Joseph court rue des Filles-du-Calvaire. Chez Myriam, les volets sont tirés. Le gamin reste les yeux rivés dessus, immobile malgré le froid. Son regard ne peut se détacher de ces fenêtres closes.

– T'es là, mon p'tiot, dit la concierge en le voyant. Ben, t'es là pour rien, vu que ta p'tiote, t'es pas près de la r'voir.

– Pourquoi, m'dame ?

– J'sais pas si j'dois ? T'es pas ben haut pour savoir.

– Si m'dame, j'suis grand, dit-il en se haussant et, mentant avec aplomb, j'ai presque douze ans.

– Tant qu'ça ! On dirait pas.

– S'il vous plaît, madame.

– Bah, t'es ben assez grand pour le malheur. Ta p'tite, ils l'ont ramassée hier au soir, et avec toute sa famille. Une dénonciation, à c'qu'y paraît. Mais qu'est-ce qu'y peuvent ben faire d'une gamine de cet âge ? C'est-y pas malheureux ! Pourvu qu'y-z-y fassent pas d'mal. Un ange c'te p'tiote. Toujours le sourire, et polie, pareille à une princesse.

En s'essuyant furtivement les yeux, elle fouille dans sa poche et tend un biscuit au petit Joseph.

– Tiens, j'ai mis ça de côté pour toi. J'savais ben qu'tu viendrais.

Joseph ne l'entend pas, ne la voit plus. L'horreur le saisit. Il ne sait pas ce qu'on fait des Juifs arrêtés. Il a peur. Il est triste parce qu'elle n'est pas là, plus là. Aujourd'hui, il avait mis pour la première fois un pantalon golf que son père lui a fait, comme aux grands. Il en était fier et voulait le montrer à son amie. Elle ne le verra pas. Pour s'empêcher de pleurer, il ne pense qu'à ça. Mais c'est plus fort que lui, ses yeux se brouillent. Oubliant la gardienne et son biscuit, il s'enfuit et court jusque chez lui. Sa mère est là, il se jette dans ses bras et l'étouffe de ses sanglots. Il crie le nom de Myriam, le seul nom qui puisse sortir de sa gorge étranglée par le désespoir. Adèle savait. Elle comprend le chagrin de son fils.

X

Joseph n'a pas envie de retourner à l'externat Sainte-Élisabeth pour la reprise des classes en janvier 1942. Il sait que Myriam ne sera pas là, et sans elle, l'école ne sera plus jamais pareille.

L'arbre de Noël en carton trône encore dans le hall d'entrée. Il est garni de petites étoiles en papier que les élèves ont coloriées. Une crèche fabriquée dans une caissette de bois enduite de terre séchée et parsemée de feuilles d'arbres protège le petit Jésus dans son berceau. Les personnages de l'histoire sainte ainsi que les animaux l'entourent. Le petit Joseph aime bien ce récit ; pour lui, c'est un conte de fées.

– J'ai bien cru que tu viendrais nous aider.

– J'ai pas pu, m'sieur le directeur.

– Pourquoi ? Tu étais malade ?

– Non, m'sieur.

– Alors ?

Joseph garde les yeux rivés sur la pointe de ses chaussures.

– Tu ne veux pas me le dire ? Tu avais de la peine à cause de Myriam ?

Joseph hoche la tête et deux grosses larmes glissent sur ses joues.

– Si Dieu le veut, tu reverras ta camarade.

– Et si Dieu veut pas ? se révolte le gamin. À quoi ça sert de prier si Dieu est méchant ?

– Ne blasphème pas, mon petit. Dieu n'est pas méchant. Il est juste.

– Il est p't-être juste, mais il aime pas les Juifs.

– Dieu aime tout le monde, et particulièrement les petits enfants malheureux.

– Eh ben ! On dirait pas.

C'est jeudi, jour sans école, et Joseph est à la maison. On sonne. C'est encore Mme Cécile, la concierge. Elle a une bouteille de lait à la main.

– Bonjour, dit-elle en allant directement au salon où elle prend place dans un fauteuil. J'vous ai apporté un litre de lait, vu qu'nous, on aime pas ben ça. C'est du bon, du frais, du pas coupé. Si vous l'voulez, c'est 30 francs.

– Mais, ça ne coûte que 4 francs chez le crémier.

– J'sais ben, mais c'est pas moi qui fais les prix. Et pis, faut avoir le ticket, et pis c'est pas dit que l'crémier vous en vende. Comme y dit : d'abord les Français, les Juifs après, s'il en reste. À c'tarif-là, j'ai preneur. Moi, j'croyais vous faire plaisir. Avec vot'marmaille, ça doit vous faire défaut et c'est bon pour la santé. Maintenant, si vous en voulez pas… Mais j'm'en souviendrai qu'vous m'avez refusé, et faudra pas vous plaindre si j'peux pas vous rend'service quand vous me demand'rez.

– Non, ce n'est pas ce que je voulais dire. Attendez-moi.

Adèle revient avec l'argent.

– Tenez, madame. Et merci beaucoup.

– Y a pas de quoi. Comme j'dis toujours, les enfants d'abord. Faut ben faire des sacrifices pour eux. Pas vrai, Adèle. Vous permettez qu'j'vous appelle par votre prénom, maintenant qu'on s'entend bien. En revanche, j'préfère qu'vous continuiez à m'appeler madame. Vu qu'les autres locataires comprendraient pas que j'fais ami-ami avec une Juive.

Marquant ainsi sa supériorité, elle arbore un sourire de circonstance. Au grand soulagement de tous, elle commence à se lever mais, se ravisant, elle s'assied à nouveau.

– J'oubliais pour vot'radio, j'vous laisse encore un peu d'temps. Mais faut pas la mettre trop fort, sinon j'confisque. J'vous dirais ben d'pas l'allumer, mais ça servirait plus à rien. Vous voyez,

Adèle, j'suis compréhensive. Et pis, aut'chose. J'sais qu'il y a beaucoup d'Juifs qui s'en vont en zone libre, et avant y en a qui vident leur maison. J'préviens tout'suite qu'j'aimerais pas beaucoup ça. Faut rien retirer sinon j'fais ni une ni deux, j'vas au commissariat. Faut respecter les lois, pas vrai ?

Elle désigne du chef un dessus de cheminée ; une pendule sous un globe de verre et deux chandeliers. Le tout orné de sujets représentant une scène de chasse.

– C'est joli, c't'affaire.

Elle s'en approche.

– C'est ben joli et ça f'rait rudement bien sur mon bahut. Dommage, soupire-t-elle, j'ai pas les moyens. On s'demande à quoi ça va vous servir avec c'que les Allemands y font des Juifs qui raflent. Vaudrait mieux qu'ça soit une Française qui l'ait plutôt que les Boches. Pas vrai ? Bon, c'est pas tout. Faut qu'j'y aille. Ah oui ! Encore aut'chose. Pouvez-vous dire à vot'mari qu'y fasse moins de bruit quand y sort les poubelles ? Ça m'réveille et après j'arrive pas à m'rendormir. Bon allez, au r'voir à tous. Si j'ai aut'chose de bon à manger, j'viendrai vous voir. Elle est belle vot'pendule, pensez-y Adèle.

Le lendemain, le dessus de cheminée trône sur le bahut de Mme Cécile qui a bien voulu autoriser

Samuel à entreposer, dans la cave, de la vaisselle, des verres de cristal et un peu de linge. Ce n'était pas seulement bonté d'âme de la concierge, mais si la famille se faisait rafler, elle pourrait toujours récupérer, sans que cela se sache, ce qui était caché.

* *
*

La vie est de plus en plus difficile. Adèle et Samuel interdisent aux enfants de sortir de la maison. Joseph ne va plus à l'école. Sans cesse en discussion, ses parents se taisent à son approche.

Un soir de fin février, Samuel s'adresse à toute la famille réunie au salon :

– Écoutez-moi attentivement. Je pars cette nuit pour la zone libre. Sitôt arrivé, je vous le ferai savoir, votre maman sait comment. Je vais chercher une maison pour nous tous et vous me rejoindrez aussi vite que possible. En attendant, ici personne ne doit sortir et surtout ne rien dire. On parle de rafles importantes, nous devons être très prudents. Toi, Charlie, tu es le plus fort ; pour faire croire à la concierge que je suis toujours là, tu sortiras les poubelles. N'oublie pas, à 6 heures et sans bruit. Venez, les enfants, embrassez-moi et allez vous coucher.

Joseph dort mal. Au petit matin, il entend partir son père mais ne bouge pas.

Cinq heures du matin. Samuel monte à l'arrière d'un camion de déménagement. On l'enferme dans une caisse en bois dont on visse le couvercle, comme pour un cercueil. Il a avec lui deux bouteilles d'eau et une boule de pain. Une heure plus tard, le camion s'arrête devant un ministère pour charger des colis qu'il doit transporter à Vichy. Le voyage durera presque une journée. À 4 heures du matin, on passe la ligne de démarcation un peu après Moulin. La nuit est noire et il fait froid. Vichy n'est plus qu'à une heure de route. Le camion s'engage dans un chemin de traverse jusqu'à une clairière où deux hommes attendent. Avec le chauffeur et son aide, ils déchargent la cargaison et délivrent Samuel. Il faut l'aider à sortir de sa cache et le soutenir pour descendre du camion. Il flageole sur ses jambes engourdies mais aspire l'air glacé à pleins poumons.

– Allez, on recharge. Faut pas tarder.

Samuel a fini par reprendre ses esprits et ils sont maintenant cinq à travailler. La boule de pain est toujours dans la musette, le voyageur n'a pas mangé et, malgré son long jeûne, n'a pas encore faim. Au moment de se séparer, Samuel tend trois billets de 1 000 francs au chauffeur qui empoche sans sourciller, puis deux autres à l'aide-chauffeur qui refuse.

– Garde tes sous, camarade, t'en as plus besoin qu'moi. Bonne chance.

Le chauffeur hausse les épaules et grimpe dans sa cabine en maugréant.

– Allons, dépêche. On va être en retard.

Machinalement, Samuel arrache un morceau de pain et le mastique consciencieusement. L'appétit vient de lui revenir. Les deux hommes de la clairière, vélo à la main, le ramènent à la réalité.

– Allez, monsieur. Faut pas traîner par ici. Montez sur mon porte-bagages. On vous conduit jusqu'à Boussac, de là, vous aurez des trains pour où vous voudrez.

* *
*

À deux pas de la gare, l'hôtel *Aucouturier* est pour Samuel la préfiguration du paradis. On lui sert un grand bol de lait fumant et deux épaisses tartines de pain presque blanc. Par les fenêtres à petits carreaux, il peut voir les toits d'un château. Tout est calme, rien n'évoque la guerre, sauf sur les tablettes en verre, derrière le comptoir, deux douilles d'obus, vestiges de 14-18, bien briquées et dans lesquelles la maîtresse de maison a disposé des fleurs.

Trois jours plus tard à Paris, le camion de déménagement s'arrête devant chez Samuel pour repartir aussitôt ; Adèle sait ainsi que son mari est arrivé à bon port.

À Brive, Samuel se rend au café du Théâtre, place du 14-Juillet. Là se retrouvent ceux qui ont fui la zone occupée. Samuel avait pu envoyer quelques paquets qui l'attendent dans la remise, derrière le café. Il n'y a pas que les siens, beaucoup d'autres encombrent la resserre, attendant leurs propriétaires.

– J'sais pas c'que j'vas ben faire de tout ça ? Mille dious, y en a qui sont là d'puis bientôt quat'mois. Peut-êt'ben que les pauv'gens y se seront fait prendre su'c'te foutue ligne. Mille dious de mille dious. Et vous, quèqu'vous allez faire à c't'heure ?

– Je ne sais pas encore. Trouver un endroit à la campagne et attendre la fin de la guerre.

– Mille dious, c'est pas aisé c'que vous voulez. Vous avez-t'y d'la famille ?

– Oui. Elle attend que je trouve quelque chose pour venir me rejoindre.

– Savez pas, hein ? Devriez aller faire un tour du côté d'Yssandon, un village à pas vingt kilomètres de d'là et…

* *
*

Sur le pas de la porte, Adèle serre très fort dans ses bras le petit Joseph et le couvre de baisers. Ses grands yeux noirs sont pleins de larmes. Elle voudrait qu'il ne parte pas. Lucette, la plus jeune sœur de son mari, tente de la résonner.

– Voyons, Adèle, sois courageuse. Il n'y a pas d'autres moyens. Bientôt, ce sera ton tour de nous rejoindre. Tu sais bien qu'ici c'est devenu trop dangereux pour nous.

– Il est si petit !

Samuel a fait parvenir un message et il faut maintenant mettre à exécution le plan minutieusement élaboré.

Anna part aussi. Ils ont de faux papiers acquis à prix d'or, des certificats de baptême de non-appartenance à la race juive. On a fait la leçon à Joseph : pour le temps du voyage, Lucette n'est pas sa tante, mais sa mère.

La gare d'Austerlitz grouille de monde, surtout d'Allemands et de policiers. Malgré l'affluence aux guichets, dans les salles d'attente, et sur les quais, il n'y a pas de bruit. Seulement un murmure sourd, lancinant, que trouble de loin en loin le sifflet nerveux des locomotives au départ. Les gens voyagent avec leur peur et se referment sur elle. Il y a les irréguliers, les presque réguliers, les nantis de vrais papiers qui, même sûrs d'eux, ne sont en réalité certains de rien. Il dépend du contrôleur que le voyage s'arrête ou continue. Dans le métro, pour venir à la gare sans attirer l'attention, ils ont voyagé séparément, chacun dans un compartiment, et sans monter dans le wagon de queue « réservé aux Juifs ». Ils se sont retrouvés à la station d'Austerlitz et sont allés côte à côte à leur quai de départ. Toujours pour ne pas attirer l'attention, ils n'ont pas de bagages. C'est un train de nuit qui part à 17 h 57. Il n'est que 17 h 20. Ils ont le temps. On leur a dit : « Montez dans le train au dernier moment, s'il y a une rafle ou un contrôle, vous ne serez pas pris. » Il y a maintenant du monde autour d'eux et cela les rassure, ils se fondent dans la foule.

Sur un grand panneau, Joseph lit l'itinéraire du convoi. Des noms de ville : Chartres (département Eure-et-Loir, se remémore-t-il), Blois, Poitiers, Angoulême, Bordeaux.

– Jusqu'où on va, Anna ?

– Angoulême.

– Chef-lieu de la Charente.

– Qu'est-ce que tu dis ?

– Rien.

17 h 53. Suivies de Joseph, les deux femmes montent dans le train. Plus une place assise. Même les couloirs sont bondés. D'autres voyageurs montent à Chartres, mais à Blois, beaucoup descendent. Lucette trouve de la place pour eux trois dans un compartiment presque vide. Le quai est encombré d'uniformes vert-de-gris, et les contrôles semblent

stricts. De fait, Blois est près de la ligne de démarcation et les candidats au passage clandestin sont légion. Cela se sait en haut lieu, ce qui explique les fréquents contrôles d'identité. Le train reste à quai près de deux heures, le temps pour les gendarmes et les feld-gendarmes de passer tout le convoi au peigne fin. Pour aller plus vite, les deux polices se partagent le travail.

– Les voilà, dit Lucette. Joseph, fait semblant de dormir, et surtout n'ouvre pas les yeux.

– M'sieur dames, papiers s'il vous plaît.

Lucette tient à la main les précieux papiers. La chance est peut-être de leur côté, ce sont des Français qui vérifient. Un gros, petit, rougeaud, en transpiration malgré la fraîcheur de la nuit, et un autre, de taille moyenne, avec de superbes moustaches à la gauloise. C'est à lui que Lucette tend les papiers, mais le petit gros les intercepte.

– Où allez-vous ?

– À Angoulême.

– Pourquoi faire ?

– Chez mes parents.

– Ah ! Ils habitent Angoulême ?

– Oui. J'y suis née. Tenez, regardez, c'est inscrit sur mes papiers.

– Qu'est-ce que vous allez y faire ?

– Je suis enceinte et à Paris, avec ma fille et mon

fils, j'ai du mal à y arriver. En plus, mon mari travaille en Allemagne. La capitale, c'est pas drôle pour une femme seule et mère de famille.

– J'dois vous croire ? Vous ne seriez pas par hasard des clandestins, ou même des Juifs qui veulent passer de l'autre côté ? Vous n'avez pas tout à fait le type des filles de Charente. J'vous dis ça parce que moi, j'suis de la Dordogne, alors je connais bien. Réveillez donc le petit que je le questionne. On va voir s'il dit la même chose que vous.

– T'as pas fini d'les emmerder ? coupe le moustachu. Qu'est-ce que ça peut te foutre ce qu'ils sont, du moment qu'ils ont des papiers en règle ?

– Mais le règlement ?

– Quel règlement ? Celui de Hitler ou celui de la France ? Ça va changer quoi, si tu les coinces ? Une mère enceinte et ses deux mômes, tu parles d'une prise ! Ça changera rien à ton tableau d'avancement. Allez, fous-leur la paix et rends-lui ses papiers. Vous inquiétez pas, madame, il y a encore des Français en France.

Au moment de passer la porte, il se retourne, sourit en tirant sur sa moustache et fait un clin d'œil à Anna à deux doigts de s'évanouir.

Le convoi longe la frontière entre les deux France, nord-sud à cet endroit. Vers 11 heures, ils arrivent enfin à Angoulême.

Très peu de monde sur le quai, mais il est vite envahi par les voyageurs qui descendent du train et se dirigent vers la sortie où sont effectués les contrôles.

Repérant le désarroi des deux femmes et de l'enfant, un cheminot les accoste discrètement.

– Suivez-moi.

Il les fait entrer dans les toilettes pour hommes, et ouvre une porte.

– Ne bougez pas d'ici jusqu'à ce que je vienne vous chercher, et surtout, pas de bruit. D'accord, gamin ?

Il passe une main dans les cheveux de Joseph, sort et ferme la porte à clef. Plus d'une heure s'écoule avant son retour.

– Ça y est. Vous pouvez sortir, les contrôles sont terminés. Faut faire attention, y en a qui se sont fait prendre. On va quand même passer derrière. C'est plus prudent. On ne sait jamais.

Une fois hors de la gare, Lucette lui demande où se trouve le café des Cagouillards.

– Ah ! Je m'en doutais bien. Ce café, c'est le rendez-vous des passeurs. Vous faites pas de soucis, je n'dirai rien, j'suis de votre côté. Pour y aller, vous traversez la place de l'Éperon et là, vous prenez la route de Périgueux. C'est fléché, on peut pas se tromper, et puis vous verrez bien, c'est pas loin d'ici, à peine dix minutes en marchant normalement.

Allez, au revoir. J'vous dis merde parce que ça porte bonheur. Faites quand même attention aux patrouilles allemandes. Y en a par là. Dame, on n'est pas loin de la ligne !

La route qui mène à leur lieu de rendez-vous est en pente, ce qui les aide à accélérer le pas. Ils n'ont qu'un sac pour trois et sont libres de leurs mouvements.

La sonnette tintinnabule quand ils ouvrent la porte-fenêtre, aux rideaux de toile beige, du café des Cagouillards. À l'exception d'une table de joueurs de belote, la salle est vide. Les regards convergent vers eux. On les détaille de la tête aux pieds mais personne ne semble surpris de les voir. Un des beloteurs se lève.

– C'est à moi de jouer. Trichez pas pendant que j'ai le dos tourné. Bonjour m'sieur dames. Suivez-moi derrière.

Ils ne sont pas seuls. D'autres sont déjà arrivés. Joseph voit une femme et son bébé qu'il avait remarqués dans le train parce que la mère lui donnait le sein. Il les avait regardés et s'était esquivé en rougissant. Hormis le bébé, il est le plus jeune de cette misérable assemblée.

– Ma femme va vous servir un casse-croûte. Michel, le passeur, viendra vous prendre à la tombée de la nuit. Vous en faites pas, tout ira bien. Ce n'est pas la première fois. Demain, vous serez en zone libre. En attendant, reposez-vous. La nuit sera longue.

Petite, ronde, les cheveux châtains parsemés de fils blancs ramassés en arrière, le teint éclatant proclamant que dans la cuisine on ignore les privations, la femme du beloteur arrive avec une grosse soupière fumante qu'elle pose devant Lucette.

– Bougez pas, j'arrive avec le reste.

Le couvert est vite mis et elle soulève le couvercle qui libère de savoureuses volutes.

– Allez, mangez. Y a un bon morceau d'viande là-d'dans. Faut prendre des forces. J'vous amène trois belles parts de tarte aux pommes. Tu vas t'régaler mon bonhomme. T'es tout blanc, c'est sûrement la fatigue.

Joseph ne se souvient pas d'avoir aussi bien mangé depuis longtemps. Sitôt fini, il pose sa tête sur la table et s'endort instantanément.

Un remue-ménage le réveille. Michel, le passeur, est arrivé. C'est un solide gaillard vêtu d'épais velours : blouson et pantalon resserré maintenu par une ficelle. Un béret et de gros croquenots ferrés complètent la tenue. Il parle sourd en mâchant ses mots. Joseph doit tendre l'oreille pour le comprendre.

– Écoutez-moi, m'sieur dames. On va nous emmener en camionnette à dix kilomètres d'ici, près de Villebois-Lavalette. De là, on marchera dans le bois et j'vous mènerai jusqu'à la frontière. Quand vous l'aurez passée, faudra marcher tout droit sans vous arrêter pour attraper la route de Périgueux, jusqu'au passage à niveau où l'on vous attend. Vous s'rez en zone libre, en sécurité. Mais attention, dès qu'on s'ra sortis du café, plus un mot. Faut pas oublier les patrouilles allemandes et leurs putains de chiens. Vous, madame, faut gaver l'bébé pour qu'y pleure pas. Ajoutez deux, trois gouttes de ça dans l'biberon – il tend une fiole –, ça le fera dormir à coup sûr. Ayez pas peur, c'est pas dangereux. C'est l'docteur qui m'l'a donné. D'autres bébés en ont pris avant le vôtre, sans problème. Soyez tranquilles, vous êtes pas les premiers que j'fais passer et jusqu'à présent, y a pas eu d'problèmes. Mais faut bien faire ce que j'dis. Bon, c'est pas qu'j'ai pas confiance, mais faut payer avant d'partir. Vous connaissez l'tarif. Cinq mille par personne. Rien pour le bébé. Pour l'gamin, trois mille. Comment qu'tu t'appelles, mon gars ?

– Joseph, m'sieur.

– C'est pas vrai ! T'as-t'y r'gardé l'calendrier ?

– Non. Pourquoi ?

– Ben, c'est d'main la Saint-Joseph, le 19 mars.

Les candidats au passage se tassent au fond de la fourgonnette. Michel les cache avec des bottes de foin. Tous feux éteints, le véhicule roule sur la départementale 939. Les amortisseurs vieillissants secouent les passagers qui profitent des moindres bosses de la route mal entretenue. Il fait noir à l'intérieur. Joseph serre très fort la main d'Anna.

Soudain, la camionnette fait une embardée, vire court et s'arrête presque aussitôt. Michel dégage vivement les balles de foin.

– Vite, descendez. Pas d'bruit et cachez-vous dans l'fossé. Bougez pas, surtout. Y a une colonne allemande qui nous arrive en face. Ayez pas peur, c'est pas après nous qu'y z'en ont. Viens, Joseph. Viens à côté de moi.

Michel et Joseph sont côte à côte, protégés par un épais buisson.

– R'garde, mon garçon, tous ces camions remplis de Fridolins. Vise un peu tous ces camions ! Sacré bon Dieu, quelle armée ! C'est pas étonnant qu'on en a pris plein la gueule.

Le grondement de la colonne se perd dans la nuit. Le ciel est rempli d'étoiles. Quelques légers nuages semblent jouer avec une lune espiègle. La voûte illuminée de millions de diamants s'est parée pour célébrer une nuit de fête. Maintenant habitué à la semi-clarté, Joseph y voit parfaitement. À sa gauche, Anna et Lucette sont recroquevillées, la tête entre les bras, n'osant bouger. Les autres en font autant. Michel se lève, se baisse aussitôt et murmure à Joseph :

– T'entends ?

– Non, j'entends rien.

– Si, écoute, au loin, les aboiements. Sûrement une patrouille. Qu'est-ce qu'y foutent par là, bon Dieu, y passent jamais par ici ? Faut ficher l'camp, vite. Suivez-moi.

Ils marchent, courant presque, à travers les broussailles et pénètrent dans le bois. Michel houspille les traînards. Au bout d'une demi-heure, il autorise enfin une halte. Les aboiements ont cessé mais, pourtant, il semble inquiet.

– Comprends pas. C'est ben la première fois. Y z'ont sûrement changé leurs rondes. Va falloir que j'me méfie. On va y aller, maint'nant. J'crois qu'y a pu d'danger, mais faut quand même faire attention. D'autant qu'on n'est plus ben loin.

Après une longue marche à travers bois, Michel arrête sa pitoyable troupe au bord d'un large sentier. Il regarde sa montre.

– Il est une heure et quart. Viens, Joseph. Puisque c'est aujourd'hui ta fête, j'vas t'faire un cadeau : ta liberté. Tiens, mets ta main su'c'piquet.

– Qu'est-ce qu'il a ?

– Y marque la ligne ! De l'aut'côté, c'est la zone libre. T'es content ?

La main du petit Joseph est collée sur le morceau de bois dont elle épouse les contours. Il fixe Michel.

– Merci, m'sieur.

– Pas d'quoi, gamin. Souviens-toi, une frontière, c'est pas aut'chose qu'un bout de bois. Allez, embrasse-moi et sauve-toi. J'suis pas croyant, mais j'vas p't-êt'ben faire une prière pour toi.

Au moment de partir avec les autres dont la joie d'être passés sans encombre se lit sur leur visage, Joseph revient sur ses pas, saute dans les bras de Michel en l'embrassant.

– Merci, m'sieur Michel. J'vous oublierai jamais.

– Allez, va, mauvaise graine, dit-il en essuyant furtivement une larme, que l'bon Dieu te garde.

Suivant les indications du passeur, le petit groupe rejoint facilement la départementale qui va à Périgueux. Pour ne pas se perdre dans la nuit, ils marchent en se tenant par la main. Ils n'osent y croire, ils sont libres. Ils arrivent enfin au passage à niveau. Aucune lumière ne filtre des volets de la gardienne ; pourtant, à peine la clochette a-t-elle été frôlée que la porte s'ouvre.

– Entrez. J'vous attendais. Vous arrivez ben tard, il est près d'4 heures. Enfin, vous v'là, c'est l'principal. Entrez donc, j'vas faire chauffer un peu d'lait. Après, vous vous r'pos'rez.

La femme serre la ceinture de son vieux peignoir et leur montre les lits de camp qu'elle a installés à leur intention.

Un sifflet strident perce les tympans du petit Joseph qui sursaute, et les fenêtres se mettent à trembler.

– Dors, p'tiot, c'est le 6 h 27. Malgré la guerre, il est jamais en retard. Avant, c'était mon mari qui s'en occupait. Il est mort dans l'Est. Maintenant, c'est moi qui m'occupe de la barrière. N'aie pas peur, ici t'es en sécurité.

Un tortillard les conduit à Périgueux, et de là à Brive-la-Gaillarde. Dix-huit heures viennent de sonner lorsqu'ils arrivent, épuisés, au café du Théâtre. Samuel et Jacques, le mari de Lucette, sont au fond de la salle. Joseph se précipite.

– Papa !

– Joseph, mon petit. Tu as grandi, on dirait un homme. Et toi, Anna, comme tu es jolie !

Quelques jours plus tard, Charlie est là et raconte à Joseph son voyage.

– Sauf à Blois, on n'a pas contrôlé mes papiers.

– Pareil pour nous. C'étaient des Boches ou des Français ?

– Des Boches.

– T'as eu peur ?

– Non, pourquoi ?

– Pour savoir.

Joseph regarde son frère avec admiration. « Il a jamais peur c'lui-là », se dit-il.

– À Angoulême, il y avait tellement de monde pour sortir de la gare que j'étais noyé entre les grands. Personne m'a rien d'mandé.

– T'as eu du pot.

– Non, j'avais calculé mon coup.

– Ah bon ! Après t'as été au café ?

– Ouais, et j'ai eu le même passeur que toi.

– M'sieur Michel ?

– Ouais. Y trouvait qu'j't'r'ssemblais. Y m'a d'mandé si j'étais ton frère et y m'a donné c'couteau pour toi. Y m'a dit : comme souvenir à un p'tit gars courageux. Et il a ajouté qu'il a tenu sa promesse et fait une prière.

Joseph rougit de plaisir.

– T'as beaucoup marché ?

– Ouais, c'était pas marrant, y pleuvait vachement.

– Ah merde ! Et après ?

– Ben après, j'ai pris le train pour Périgueux, et j'me suis endormi. Quand j'me suis réveillé, on m'avait volé ma collection de timbres.

– Alors, qu'est-ce que t'as fait ?

– Rien. J'me suis baladé dans la ville. J'ai acheté des disques de Charles Trenet tellement j'étais en colère.

– Avec quels sous ?

– Ceux qu'maman avait cousus dans ma ceinture.

– Ben, t'es gonflé !

– J'ai pas tout pris. Juste un billet.

– Qu'est-ce qu'y t'a dit, papa ?

– Rien. Il était tellement content d'me voir qu'il allait pas m'engueuler.

Parti de bonne heure le matin, Samuel revient tard dans la soirée. Mais pas seul, Adèle et Henri sont avec lui. La famille est enfin à nouveau réunie.

Samuel a trouvé un petit logement au-dessus de la boutique d'un coiffeur, au lieu-dit la Prodélie, un petit hameau. Face au lavoir, la mairie – qui fait office d'école et de poste –, la mercerie, le menuisier et trois ou quatre habitations. Voilà pour la rue principale qui mène à une petite place où veille le monument aux morts. Gravés dans la pierre, « À nos soldats » et quelques noms de victimes de 14-18. C'est là qu'on trouve le salon de coiffure, coincé entre un chemin rocailleux qui grimpe, et une ferme où la famille prend les repas car chez eux, c'est trop petit, et il n'y a pas de cuisine.

L'école est divisée en deux classes. Une pour les garçons, l'autre pour les filles. On prend les trois frères qui se retrouvent dans la même salle, mais sur des bancs différents selon leur âge.

La première récréation est animée. Tous les élèves, même les filles, entourent Charlie, Joseph et Henri, et les regardent comme des bêtes curieuses.

Parigot, tête de veau
Parisien, tête de chien.

Apeuré, Henri s'accroche aux basques de Charlie.

– Surtout, pleure pas. Leur montre pas qu't'as peur. J'suis là.

Et il s'avance vers le groupe des grands. Il a presque treize ans et déjà son certif.

– Y a quèqu'chose qui vous plaît pas ? Y en a un qui veut s'battre ? Qu'y vienne.

Joseph bombe le torse. Avec un frère pareil, j'crains rien, pense-t-il. À la récréation de l'après-midi, Joseph et Henri jouent avec les autres, mais Charlie cause avec les grands.

Maintenant, Joseph participe à la vie de la campagne. Rien à voir avec les fins de semaine ou les vacances dans le jardin clos de Brunoy. Ici, ce sont les réalités de tous les jours, le travail quotidien, le mouvement perpétuel des tâches. Les vaches à conduire aux champs et à ramener à l'étable pour la traite du soir qui remplira les seaux de bois de bouillonnant lait chaud et odorant, pendant qu'elles mugiront de soulagement. Le garçon tend l'oreille aux cancans des canards qui ont l'air de se moquer des oies cacardant orgueilleusement alors qu'on les gave. Il faut aussi remplir l'auge des cochons qui grognent à l'approche des dindons glougloutant de convoitise sous l'œil du coq, crête en bataille, bien décidé à régenter sa basse-cour criarde. Le soleil, dès son lever, fait éclore ce joyeux tintamarre qu'accompagnent les braiments, les hennissements, les bêlements d'un monde que surveille un chien de garde, attentif au moindre signe du fermier.

À mi-chemin du carrefour de la Prodélie et du haut de la colline d'Yssandon se dresse le manoir du Chalard, une vieille demeure imposante accrochée à la butte. Les promeneurs y marquent un temps d'arrêt pour reprendre leur souffle avant d'achever l'ascension par un chemin abrupt environné de végétation sauvage, qui mène à un village bâti sur les vestiges d'un oppidum dont il ne reste qu'une tour carrée de quelques mètres de haut.

À force d'obstination, Adèle a fini par trouver un toit plus confortable et la famille peut s'installer dans cette grande maison. Petit homme débonnaire au ventre arrondi, M. Painlevé, le propriétaire des lieux, a accepté, contre de grosses coupures, de leur louer le bâtiment principal, se réservant les dépendances.

Au milieu de la cour ronde, un vieux puits à la margelle usée semble posé sur le tapis herbeux face au portail de fer forgé. Jadis peint, aujourd'hui mangé de rouille, ce dernier garde symboliquement l'accès du domaine. Devant l'ancienne écurie devenue étable sont alignées les auges de pierre où boit le bétail.

Une fois franchies les trois marches usées du perron, une lourde porte de bois aux moulures rongées par les ans ouvre sur une large entrée. Au fond, un escalier menant à l'étage. À droite, une vaste cuisine au sol de carreaux, rouges à l'origine et maintenant ternis. Un grand pan de mur est occupé par une imposante cuisinière à bois, noire, luisante, raccordée à la cheminée par un savant enchevêtrement de tuyaux coudés. De l'autre côté, un évier sur un muret de briques, au-dessus duquel parade, luxe insolite, un robinet d'eau courante. Au milieu, la grande table de bois épais et blanchi par les innombrables lavages. À gauche, le salon dont les fenêtres sont aveuglées par d'épais rideaux sans couleur qui créent une atmosphère hostile, atténuée par une grande bibliothèque aux portes grillagées et fermées à clef qui semble abriter un trésor de connaissances relié de cuir, et par un piano, fermé lui aussi, qui fascine Joseph.

Endormie depuis des années, la grande demeure s'éveille au son des rires et des galopades des enfants. La guerre est loin, presque un mauvais souvenir. Seules les nouvelles, diffusées par les radios de Vichy ou de Londres, que ses parents écoutent avec inquiétude, rappellent de temps à autre au petit Joseph qu'elle n'a pas cessé.

Le 17 mai 1942, Joseph reçoit la traditionnelle raclée, onze coups cette fois : dix au bénéfice de l'âge, plus le porte-bonheur. Le lendemain, il se chamaille avec sa sœur.

– Attention, Anna, maintenant j'suis grand.

– T'as raison, t'es bien assez grand pour faire des bêtises et moi pour te gifler.

– Tu peux en profiter parce que quand j's'rai plus grand et plus vieux qu'toi, c'est moi qui t'en donnerai, des gifles.

Anna éclate de rire et tourne les talons, au grand dam de son frère qui ne comprend pas ce qui amuse tant son aînée.

Pour une fois, Radio-Paris et Radio Londres sont d'accord. La nouvelle vient de tomber sèchement : à partir de ce vendredi 29 mai, les Juifs des deux sexes âgés de plus de six ans doivent obligatoirement porter l'étoile jaune. Bout de tissu de couleur vive orné de six pointes, à coudre sur la poitrine, à la place du cœur. Bien que soulagés d'être hors d'atteinte, Adèle et Samuel sont bouleversés à l'idée que, si eux échappent à cette infamie, ceux qui n'ont pu rejoindre la zone libre seront désormais marqués à l'attention de leurs bourreaux.

* *
*

Toute la ferme est en ébullition ! On a moissonné, et le blé aux épis si pleins qu'ils courbent la tête est lié en gerbes dorées. Avec les autres enfants et les femmes, Joseph a glané toute la journée, suivant les lieuses aux mains expertes pour ramasser les épis gonflés détachés de leur tige.

À cette époque de l'année, le soleil est long à se coucher et, après le souper, malgré la fatigue, les paysans s'attardent dehors en quête de fraîcheur. Assis par terre ou sur des bancs, ils boivent du vin léger en respirant la douceur de la nuit sous le ciel où pas une étoile ne manque ; Joseph n'en a jamais vu de si beau.

– Regarde bien le ciel, garçon. Si tu vois une étoile filante, fais vite un vœu, ça s'rait ben l'diable si ça marchait pas avant la Saint-Sylvestre.

Nanti du conseil de M. Painlevé, Joseph s'assoit en tailleur sur l'herbe et accroche son nez à la voûte céleste, espérant voir un météore à la queue empanachée d'étincelles. Et il s'endort d'un profond sommeil, sans rêves mais saupoudré d'étoiles.

Couché tard mais levé tôt, le soleil est salué comme il se doit par le chant conquérant du coq qui s'imagine sans doute que, sans lui, l'astre du jour ne se lèverait pas. Il peut chanter, Joseph dort, il ne l'entend pas ni ne perçoit le bruit de la batteuse installée le matin même dans la grande cour.

Ban dan pan, la mécanique avale les gerbes déliées d'un coup de serpe par le paysan auréolé de poussière, tout là-haut sur l'engin. Ban dan pan, ban dan pan, les rouages séparent le grain de son enveloppe. Ban dan pan, le blé cascade en flots dorés dans les sacs de jute. Ban dan pan, les épis vides et les tiges retombent de côté et sont engrangés à pleine fourche. Ban dan pan, la machine, tchouf tchouf, la cheminée qui crache haut la fumée. Et puis soudain, tout s'arrête. C'est la pause, et le silence réveille Joseph.

Tous les voisins des fermes d'alentour sont venus donner un coup de main au père Painlevé pour la « batteuse ». Il y a les Baril et leurs fils, Jean et Jacques, qui sont à la même école ; les Mouton venus aussi avec leurs enfants, Firmin, le copain de Joseph, et sa sœur Solange, petite brunette aux boucles abondantes. Et d'autres, venus seuls ou en famille, que Joseph ne connaît pas. Pour l'heure, tout ce monde est attablé pour un solide casse-croûte, vite expédié car la batteuse n'est louée que pour la journée et il ne faut pas perdre de temps. Demain, l'énorme machine ira dans une autre ferme, et tant qu'elle tournera dans le canton, la même équipe la servira. C'est la fête du blé, la confrérie du battage, le compagnonnage du froment, la franc-maçonnerie de la campagne.

Ban dan pan, c'est reparti. Tchouf tchouf, s'époumone le moteur…

On n'arrêtera que quand le soleil sera trop haut, pour une sieste à l'ombre. Et puis à nouveau, les sacs ficelés, pesés, empilés dans la grange. Un dernier ban dan pan, un tchouf essoufflé, le silence tout à coup étourdit la compagnie. Les hommes vacillent de fatigue en se lavant à grande eau, tandis que les femmes dressent la table pour le festin qui va suivre.

Monsieur Painlevé est content. La récolte est bonne, la pesée dépasse ses espérances. Il a mis un tonneau en perce, les femmes remplissent les brocs de grès qui tiennent au frais le vin qu'on verse ensuite dans l'assiette pour terminer la soupe qu'on boit en renversant la tête pour ne pas perdre une goutte. Joseph aussi fait chabrot, comme les grands et son père qui a travaillé dur avec les paysans. Charlie, le visage bruni par le soleil, les biceps saillants d'avoir soulevé les sacs de blé, fait de même. Henri a droit à une cuillerée de vin pour faire « comme les hommes ». Un foulard sur la tête, Adèle aide au service tandis qu'Anna se démène à la cuisine.

Demain, la batteuse ira chez Baril. Monsieur Painlevé est d'accord, il emmènera Charlie et Joseph.

– On a ben besoin d'tout l'monde. Et faut dire, pour des Parisiens, z'êtes pas des fainéants.

*   *
*

Monsieur Jannot, le maître d'école, porte fièrement le drapeau tricolore de la commune, figé dans un impeccable garde-à-vous. Tandis que le garde champêtre en grand uniforme fait rouler ses baguettes sur la peau tendue de son tambour, monsieur le maire, écharpe officielle en bataille, dépose une gerbe au pied du monument aux morts. Monsieur Laffont, épicier et trois-quarts aile de l'équipe de rugby du canton, est là, accompagné de sa femme qui, pour la circonstance, a revêtu sa robe de fête. Monsieur le curé, lui aussi, en robe, écoute religieusement – c'est bien le moins – le discours du premier magistrat. Ce mardi 14 juillet marque la fin de l'année scolaire et, dans les rangs, tous les élèves montrent des signes d'impatience.

– … La gloire de notre beau pays. La paix retrouvée…

Monsieur le maire s'éponge le front. Il fait très chaud sous le soleil de 11 heures.

– … retenus prisonniers en Allemagne et que nous attendons avec…

Monsieur Painlevé ôte sa veste ; décidément, il fait trop chaud. Les hommes lorgnent avec insistance du côté de chez Laffont où la municipalité offrira tout à l'heure des rafraîchissements. Les femmes s'éventent avec bruit, les gamins raclent des pieds, soulevant des nuages de poussière sous les regards furibonds de M. Jannot.

Roulements de tambour, soupirs de soulagement ponctués de faibles applaudissements et, dans l'assistance, mouvement stoppé net par monsieur le curé qui prend la parole à son tour et bénit en vrac les morts et les vivants. Au prêchi-prêcha de la République succède le prêchi-prêcha du clergé.

Il fait de plus en plus chaud, un à un, les hommes s'éclipsent pour se retrouver chez Laffont. Les femmes, monsieur le maire – notabilité oblige – et quelques enfants, dont Joseph, sont les seuls à écouter la fin du sermon.

La vie à la campagne a fait grandir le petit Joseph de quelques centimètres. Les travaux des champs ont durci ses muscles. Il a pris l'accent du limousin. Son langage est maintenant truffé d'expressions en patois. Son jeune âge favorise son intégration à la communauté rurale qui commence à le regarder comme l'un des siens. Pourtant, pareil à un orage d'été dans un ciel serein, la peur qu'il avait réussi à enfouir en lui s'est réveillée d'un seul coup en entendant un jour la TSF.

La famille au grand complet écoute, atterrée, les informations de Radio-Paris, que confirmera plus tard Radio Londres. Joseph avait oublié le mot « rafle » : « … la police française rassemble treize mille Juifs au Vél d'Hiv… », il avait oublié le mot « extermination » : « … en vue de la solution finale… », il avait oublié – youpin, interdiction, persécution – et bien d'autres insanités que le speaker enfonce, comme des stylets, dans son cœur et dans son cerveau.

Et la peur qui ne veut pas dire son nom est revenue hanter ses dix ans. Ses yeux éclairés par la belle campagne corrézienne s'obscurcissent, car il se sent redevenir un marginal, un « pas-comme-les-autres », un « qu'on regarde différemment », comme lui a dit un jour son copain Firmin.

– T'es juif ?

– Pourquoi tu m'demandes ça, rétorque Joseph sur la défensive.

– C'est mes parents qu'en ont parlé. J'ai dit qu'c'est pas possible vu qu'tu r'ssembles pas à un Juif.

– D'après toi, c'est comment un Juif ?

– J'sais pas, j'en ai jamais vu. Pas toi en tout cas. Ça a des cornes, une barbe sale, un gros nez, et ça mange de l'or ?

– Qu'est-ce qu'y z'ont dit, tes parents ?

– Mon p'pa s'est marré, il a haussé les épaules.

– Et si j'étais juif, qu'est-ce que tu dirais ?

– Ben, tu s'rais pas mon copain.

– Ah bon !

Joseph n'a rien ajouté. La petite boule qui jouait dans son estomac n'était pas de la peur, mais de la rage.

XI

LES FOINS SONT RENTRÉS. Les éclairs des nuits d'été peuvent sans danger libérer des torrents de pluie. Réveillé par le tonnerre, Joseph regarde le ciel et aspire l'air frais à grandes goulées. Il tend ses bras hors de la fenêtre pour sentir l'impact des grosses gouttes. Jamais il n'a vu pareil orage ! Chaque zébrure illumine la campagne d'une lumière qu'il ne connaissait pas. Devant le domaine, les grands noyers semblent se déplacer et leurs branches dansent une frénétique farandole. Dans un pitoyable effort, les plus hauts tentent vainement d'accrocher les nuages, mais le vent emporte ces derniers à une vitesse folle.

Le matin, comme si de rien n'était, le soleil inonde à nouveau de ses rayons les couleurs crues de la campagne fraîchement lavée.

Le 15 août, un samedi, tous les habitants du village partent de l'école des bonnes sœurs pour rejoindre l'église d'Yssandon. Joseph est dans la cour du Chalard et voit arriver sur la route pierreuse, curé en tête, la procession portant une statue de la Vierge, enfants de chœur et paysans endimanchés suivis de leur marmaille. Firmin lui fait signe de venir.

– J'ai pas d'chapeau.

– T'en as pas b'soin.

Pourtant, pense Joseph, pour aller à la synagogue, les hommes doivent porter un couvre-chef. Évidemment, il ignore qu'à l'église, c'est le contraire.

– Attends-moi, Firmin. J'arrive.

Joseph se précipite dans sa chambre et ressort, un chapeau de paille à la main ; on ne sait jamais.

– Pourquoi qu't'as pris un chapeau ?

– À cause du soleil.

Et Joseph l'enfonce brusquement sur son crâne pour clore la discussion.

Jamais Joseph n'était entré dans une église, n'avait trempé ses doigts dans un bénitier pour faire le signe de croix, et ne s'était agenouillé devant des statues. Il suit Firmin pas à pas et fait tout ce que son copain fait.

Le village est pauvre, l'église est à son image. Pourtant, qu'elle est jolie, pense Joseph. Il y fait frais. La lumière traverse les vitraux aux dessins naïfs. En face de lui, derrière l'autel recouvert d'un drap brodé sur lequel brillent des objets du culte, une immense croix avec Jésus. Au-dessus, Joseph déchiffre INRI. Les enfants chahutent, lui n'ose pas. Émerveillé, il regarde la statue de la Vierge tenant l'Enfant dans ses bras, illuminée par une multitude de cierges. Le curé dit la messe en latin. Les gens s'agenouillent, se relèvent, disent amen. Joseph fait de même, et essaie de suivre. Puis le curé monte en chaire, lit son sermon, parle de la guerre, de la souffrance, de la foi. Il appuie son regard sur le petit Joseph qui, gêné d'être là, tel un intrus, rougit.

Les ouailles sortent et saluent monsieur le curé qui se tient devant le portail.

– Attends-moi, Joseph. Je voudrais te parler.

Les villageois s'égaillent. Certains vont au cimetière, en bordure de l'église, sur un faux plat surplombant la colline. Les enfants regardent la grande table d'orientation où sont gravées dans la pierre les principales directions. La vallée se déplie sous leurs yeux et chacun essaie de découvrir sa ferme, ses pâturages, ses champs.

– Dis voir, Joseph. Ça te plairait d'aller au catéchisme ?

– C'est quoi ?

– On y apprend l'histoire sainte. Tous tes camarades y vont.

– J'veux bien, m'sieur, mais faut que j'demande à mon père.

– Ne t'inquiète pas pour ça. J'irai le voir moi-même.

– D'accord, m'sieur.

– Monsieur le curé.

– D'accord, monsieur le curé.

Avec M. Painlevé, Joseph rentre les vaches à l'étable et remplit les abreuvoirs.

– Tiens, c'est-y pas l'vélo du curé ?

Installé au salon, monsieur le curé cause avec Samuel et Adèle.

– Vous comprenez, Joseph et Charlie sont les seuls enfants du village à ne pas suivre le cours de catéchisme. Il faut se méfier, cela peut faire jaser. Certains se posent des questions et mieux vous vous intégrerez, moins on parlera de vous.

– Oui, mais…

– Ne vous inquiétez pas. Je ne veux pas convertir vos enfants, je veux seulement vous mettre en garde. Même pour eux, il est préférable de se sentir pareils aux autres. Réfléchissez. Vous avez tout le temps, le catéchisme ne commence qu'à la rentrée des classes, en octobre.

Le 15 août, une autre procession s'étirait en zone libre : cinq mille Juifs arrêtés étaient envoyés dans des camps.

« Radio-Paris ment, Radio-Paris est allemand », raillera bientôt Pierre Dac sur les ondes britanniques. Pourtant, Radio-Paris ne ment pas lorsque, le 26 août, elle annonce de nouvelles rafles en zone occupée. Elles dureront trois jours, pendant lesquels des familles entières se terreront ou seront prises au piège. Des enfants pourchassés qui courront, les mains sur la poitrine, pour cacher l'étoile qu'ils portent sur le cœur.

Samuel a acheté une machine à coudre d'occasion et Adèle a réussi à lui trouver du travail à domicile. Une fois par semaine, à vélo, elle fait le trajet jusqu'à Brive, emportant les culottes que Samuel a cousues, revenant tout aussi chargée d'ouvrage à faire.

Le 21 septembre, Samuel garde toute la journée un chapeau sur la tête et jeûne. C'est le Grand Pardon, jour sacré pour les Juifs. Samuel n'est pourtant pas pratiquant mais, pour la première fois, il prie vraiment, implorant Dieu d'épargner sa famille. Les rumeurs sont folles. À Brive, au café du Théâtre, on parle de camps de la mort. Les bruits les plus atroces circulent au sein de la communauté. On craint de nouvelles rafles et, surtout, on redoute que les Allemands n'occupent un jour la zone libre.

Monsieur Painlevé a reçu la visite de son neveu

qui est resté quelques jours au Chalard. Joseph a surpris une conversation entre eux.

– Comment se fait-il, mon oncle, que tu héberges des Juifs ?

– Sont comme tout le monde et en plus, y paient bien.

– En zone occupée, on n'a pas le droit.

– Ici, c'est la zone libre.

– Peut-être pas pour longtemps.

– On verra ben.

– En tout cas, moi j'm'inscris dans la légion des combattants du maréchal Pétain.

– Ben alors, tu vas m'dénoncer ?

– Bien sûr que non, mais faut tout d'même être prudent.

On a fait les vendanges et pressé le raisin. Henri et Joseph ont eu mal au ventre toute la nuit tant ils ont bu de jus. Et ils n'ont pas pu se joindre à la fête pour laquelle un accordéoniste est venu faire danser tout le monde jusque tard dans la nuit. Anna a fait valser Charlie, et les villageoises se sont agitées au rythme endiablé de la bourrée.

Marcel Cerdan redevient champion d'Europe en foudroyant l'Espagnol Ferrer au premier round. L'événement a eu lieu au Vél d'Hiv où plus rien ne subsistait de la rafle du 16 juillet, à part, peut-être, quelques fantômes.

Charlie part à Brive, au collège Cabanis. On l'a accepté comme interne. Le menuisier lui a fabriqué une petite caisse en bois munie d'une serrure. Adèle la remplit à ras bord de provisions et bourre de vêtements la valise en carton achetée par Samuel au marché d'Objat. Charlie, tenant d'une main sa caissette en bois remplie de victuailles, de l'autre sa petite valise renfermant son linge de rechange et ses affaires de toilette, ira seul au collège. Il refuse d'être accompagné.

– J'suis assez grand, et avec les rafles toujours possibles, moins on va à Brive, mieux c'est. Moi, je ne risque rien, ils ne s'intéressent qu'aux grandes personnes, et puis je cours vite.

Joseph admire le courage de son frère. C'est vrai qu'il est rapide à la course. Au rugby, pour le rattraper, c'est pas facile.

– Tu m'raconteras tout ?

– Ouais, promis.

– T'as d'la chance d'être grand.

Charlie bombe le torse, donne une bourrade à son frère, fait quelques pas, se ravise, revient et l'embrasse.

– Salut, Yosselé. Fais attention ! Quand j'suis pas là, c'est toi l'aîné.

Joseph a du mal à retenir ses larmes, il racle le sol et ses yeux se rivent sur un gros caillou. Quand il relève enfin la tête, son frère est déjà loin, descendant la côte par les champs, raccourci qui l'amène sur la grand-route.

* *
*

Le lundi 5 octobre, Joseph s'installe devant son pupitre, face au maître. Il est de ceux qui vont préparer l'examen de fin d'année, le diplôme d'études primaires préparatoires, le DEPP, qui remplace l'ancien certificat d'études.

Joseph assiste à la messe de la Toussaint. Le vent amène une pluie battante sur la colline d'Yssandon. À la sortie de l'église, une forêt de parapluies noirs se dirige vers le cimetière. Les riches s'agenouillent devant des monuments funéraires de pierre taillée, les plus démunis prient devant de simples croix de bois. Le garçonnet parcourt les allées et lit les épitaphes à mi-voix, calculant mentalement l'âge des défunts. Il essaie d'imaginer ce que dissimulent les inscriptions « À mon père », « À ma maman chérie », « À mon fils parti trop tôt ». Tous ces « À mon... » ou « À ma... » ont vécu dans le canton et ont la chance de reposer près de chez eux. Suffisamment près pour que leur famille puisse venir les honorer. Joseph n'a pas de cimetière, pas de tombe pour se recueillir ou prier. Il ressent cela confusément comme un manque. Son identité lui paraît incomplète.

Le mercredi 11 novembre, les Allemands commémorent leur défaite de 1918 et le débarquement allié en Afrique du Nord en occupant la zone libre. Il n'y a plus deux France mais une seule sous le joug nazi. Ce jour-là, Didier Noubeix, le neveu de M. Painlevé, est venu se pavaner en uniforme de légionnaire des combattants.

– T'es beau dans c'costume.

– Y a pas qu'ça, la paie est bonne.

– Ah ! T'es payé pour faire le zouave ?

– Ta, ta, ta, pour faire respecter les lois du Maréchal. À propos, sont toujours là tes Juifs ?

– Quèqu'tu leur veux ?

– Rien. Plutôt si, à la fille. Anna, j'crois. J'y toucherais ben deux mots. C'te Juive peut pas r'fuser un brin de causette à un légionnaire du Maréchal.

– Fiche-z-y la paix. Sans ça, tout légionnaire que t'es, t'auras affaire à mon bâton.

Joseph a maintenant la confiance de M. Painlevé et souvent, en compagnie d'Henri, il garde les vaches dans le pré voisin et les rentre à l'étable. Pour toute récompense, on lui a confié la clef de la bibliothèque, à condition de ne prendre qu'un livre à la fois et de le remettre ensuite à sa place. Joseph a ainsi pu pénétrer le secret des reliures de cuir gravées de lettres d'or, à l'odeur si particulière. À l'âge où certains découvrent Jules Verne, il a rencontré Victor Hugo, Émile Zola et d'autres encore, dans des textes dorés sur tranche que souvent il ne comprend pas. Ses nuits se peuplent de personnages de romans qu'il dirige à son tour et, plagiant les grands maîtres, il invente, pour lui tout seul, des histoires dont il est le héros.

Au catéchisme, on prépare Noël. Joseph est subjugué par la merveilleuse histoire et, participant à la fabrication de la crèche, il se prend pour l'un des Rois mages venus, les bras chargés de cadeaux, saluer l'Enfant. Il transpose les personnages bibliques ; ainsi, Joseph le charpentier a le visage de son père et Adèle ressemble étrangement à la Vierge. Monsieur Angelucci porte fièrement la couronne et le sceptre, suivi de M. Painlevé en habit d'apparat rivalisant d'élégance avec Michel le passeur. Et l'Enfant, réchauffé par le souffle de l'âne, nourri du lait providentiel de la vache, c'est lui.

Les personnages de la crèche sont bientôt terminés. Pétris d'argile, habillés de jute, peints de couleurs vives, les bonnes sœurs les apportent à l'église où une autre équipe reconstitue l'étable.

* *

*

Les pattes liées, le cochon pousse des cris horribles, comme s'il savait ce qui allait lui arriver. Tout est prêt pour l'exécution. Les grandes casseroles brillent sous le pâle soleil d'hiver. Les longs couteaux sont alignés sur la table. Les bacs attendent les jambons. On attache le cochon à une basse branche, la tête en bas. Il se débat, couine, hurle. Rien n'y fait. Le sacrifice aura lieu, la fête païenne aussi. On glisse, sous lui, une lessiveuse où s'écoulera le sang. Il gigote désespérément. Deux hommes tentent de l'immobiliser tandis qu'un troisième lui tranche la gorge d'un coup sec. Le sang bouillonne et s'échappe par saccades de la plaie béante. Le liquide rouge et fumant sonne sur les parois du baquet. Les soubresauts de la bête s'apaisent, s'arrêtent. La tête inclinée, la langue pendante, le cochon monopolise enfin l'attention de tous ceux qui, hier encore, le laissaient croupir dans ses immondices. Aujourd'hui, il est le héros de la fête. Découpé en morceaux, on ne jettera rien de lui. Méprisé sa vie durant, il lui faut mourir pour être apprécié. Sa vie ne vaut que par sa mort. Ni Joseph, ni Adèle, ni Anna n'assisteront au festin qui s'ensuit.

* *

*

Noël approche. Joseph fait partie de la chorale et connaît tous les cantiques. Il compte fébrilement les jours qui le séparent de l'arrivée de Charlie. Plus de deux mois que les deux frères ne se sont pas vus !

Le 17 décembre, un jeudi, il s'éveille tôt ; en fait, il a très peu dormi, regardant l'heure sans arrêt, attendant que le jour se lève, car Charlie revient aujourd'hui pour passer les vacances d'hiver. Il fait froid. Joseph se pelotonne sous les couvertures. Sans tambour ni trompette, sans même le chant du coq, le jour chasse enfin la nuit. La lumière est inhabituelle, claire mais blanchâtre. Seuls les aboiements du chien trouent le silence ouaté qui pèse sur la campagne. D'un bond, Joseph est à la fenêtre. Blanc, tout est blanc. Du sol à la cime des arbres dont les branches ploient sous le lourd fardeau neigeux.

La veille, en sortant de l'étable, M. Painlevé, les yeux au ciel, a justement dit :

– Brrr, fait pas chaud. C'est un temps à neige. J's'rais pas surpris qu'ça tombe c'te nuit. Allez, va manger ta *bréjaude.*

Y sait tout, c't'homme-là, pense Joseph en s'habillant. Il regarde à nouveau la campagne qui a perdu ses reliefs. Recouvert par vingt centimètres de neige, le chemin qui descend vers la Prodélie a disparu. Pas une trace, pas une empreinte de pas.

– Mais comment qu'y va faire, Charlie, pour trouver son chemin ?

Samuel s'arrête de coudre.

– Ne te fais pas de souci. M. Laffont va chercher des colis à la gare du Burg, il le ramènera en carriole avant midi.

– J'vais l'attendre à l'épicerie.

Le train passe à 10 h 30 et il faut une bonne heure pour le trajet, surtout avec ce temps. Mais Joseph est chez Mme Laffont à neuf heures et demie.

– T'es ben trop en avance, mon gars. Ça fait rien, viens près du feu et aide-moi à casser des noix pour faire l'huile, ça t'fera prendre patience.

Lucette Laffont est une jolie femme et elle sent bien bon, se dit Joseph en reluquant l'échancrure de son corsage dont les boutons contiennent difficilement une poitrine généreuse. Voyant le trouble de Joseph, l'épicière dégrafe d'un cran son chemisier, libérant un peu plus de chair rose. Le nez sur les noix, il rougit et se donne des coups de marteau sur les doigts.

– Qu'est-ce que t'as ? T'es ben maladroit, lui dit-elle en souriant de son trouble. T'es un beau p'tit garçon. M'est avis que les filles auront qu'à bien s'tenir avec toi.

Le carillon vient de sonner onze coups. Le gamin ne cesse d'aller regarder à la fenêtre. Entre son impatience à retrouver son frère et les seins de

Lucette, il n'hésite pas, il part à la rencontre de Charlie.

La neige s'est tassée sur la route jusqu'à ne faire plus qu'un magma de boue glacée retenu par la pierraille glissante. Joseph avance d'un pas rapide. Il fait froid et marcher le réchauffe. Devant la mairie, le cantonnier dégage l'escalier à grandes pelletées. Ses « han » s'auréolent de vapeur, comme les naseaux d'un cheval au labour. Le lavoir est recouvert d'une pellicule de glace que Joseph brise du bout d'un bâton, un instant fasciné par la similitude entre cette cassure et celle du miroir jauni au-dessus du lavabo, dans le cabinet de toilette. Dans la mercerie, une ampoule est allumée et le chat embue délicatement la vitrine de son souffle. « Brive 18 kilomètres », dit le panneau en forme de flèche. Plus une maison, depuis vingt minutes. Joseph marche sans rencontrer âme qui vive. Seuls les corbeaux se détachent sur le blanc des champs, cherchant leur pitance.

Enfin, au loin, un minuscule point noir approche, grandit : la carriole de M. Laffont ! Il court, glisse, tombe, se relève. Il s'est fait mal au genou et s'assied sur un tronc. Il attend.

– C'est-y pas ton frère là-bas, Charlie ?

– Vouais, c'est lui.

L'équipage n'est plus qu'à cent mètres. Joseph se lève.

– Holà, bourrique ! Holà ! Eh ben, Joseph, t'es donc venu chercher ton frère ? Allez monte. Bou Diou, t'vas prendre froid au cul assis su'c'rondin.

Charlie tend la main à Joseph et l'aide à grimper. Ils se sourient mais n'osent s'embrasser devant M. Laffont. Les hommes, c'est pas comme les filles, ça se bise pas.

– Ça va, Charlie ?

– Ça va. Et à la maison, ça va ?

– Ça va.

– Henri, Anna ?

– Ça va.

– Tant mieux.

Ils regardent droit devant eux. Ils se raconteront plus tard. Pour le moment, ils sont ensemble et ça leur suffit.

Joseph regarde son aîné à la dérobée. Au-dessus des lèvres, une ombre l'intrigue. Ma parole, c'est de la moustache ! Enfin, du duvet. Mais Charlie a le poil noir de jais, alors, sur lui, ça marque vite. Sans un mot, Joseph se met un doigt sous le nez. Charlie sourit.

La famille écoute le « grand » raconter le collège. Henri et Joseph en oublient de manger.

– Comment qu'tu fais pour t'y retrouver avec tous ces professeurs ?

– C'est pas difficile. On prend vite l'habitude.

– Si t'apprends l'anglais, tu vas pouvoir écouter la TSF de Londres toute la journée.

– *Yes, my brother.*

– Quoi ?

– Oui, mon frère. C'est de l'anglais.

– Ah ! ben merde. Y parle *english*.

– Y a pas de filles dans ton collège ? questionne à son tour Anna.

– Non, que des garçons. Mais à côté, y a une école de filles.

– T'as des fiancées ? demande Henri.

– Pas l'temps. Y a les études, le rugby, et j'm'suis inscrit aux Éclaireurs de France.

– C'est quoi ?

– C'est des scouts, mais qui font pas de prières.

– Qu'est-ce qu'y font ?

– T'as un chapeau ?

– Allons, laissez manger votre frère et mangez aussi, coupe Samuel. Il vous racontera tout ce que vous voudrez après dîner.

* *
*

L'épicerie est ouverte, mais il n'y a personne. Joseph cherche Charlie. Il entend parler dans l'arrière-boutique et s'approche. Il reconnaît la voix de M. Laffont.

– T'es trop jeune. T'as tout juste treize ans.

– D'abord, j'ai treize ans et demi, et j'fais plus que mon âge.

Joseph est surpris d'entendre son frère. La porte est entrebâillée. Assis sur des caisses, il reconnaît les autres : le père Madur et le coiffeur. Madame Laffont leur sert une chopine. Charlie boit comme tout le monde.

– Non, tu peux pas prendre l'maquis. On est pas ben organisés et pis… Chut, taisez-vous, y a quelqu'un dans la boutique. Va voir Lucette.

– C'est Joseph.

Sur le retour, le visage fermé, Charlie est taciturne.

– Pourquoi, qu'tu fais la gueule ?

– Pour rien.

– C'est quoi, l'maquis ?

– Qui c'est qui t'en a parlé ?

– J'vous ai entendus.

– C'est rien. Jure-moi que t'en parleras à personne.

– Je jure si tu jures qu'tu viendras m'voir à la messe de minuit, pour Noël.

– D'accord.

Le bois crépite dans la cheminée du salon. Samuel et Charlie font une partie de dames. Adèle tricote une laine qu'elle a filée. Joseph a assisté à la tonte ; après le passage de la tondeuse à main, privées de leur somptueux manteau bouclé, les brebis avaient l'air de chiens mouillés. Tête basse, elles rejoignaient la gent animale qui ne se privait pas de les moquer, et Joseph en avait eu de la peine pour elles. Aujourd'hui, cette laine naturelle va servir pour tout : chandails, cache-nez, bonnets, chaussettes, gants. La famille va se vêtir de blanc écru face à l'hiver limousin dont la rigueur surprend les petits Parisiens, mais n'étonne pas Samuel ni Adèle qui ont connu les froids intenses de la campagne russo-polonaise.

Une maille à l'endroit, une maille à l'envers, les chaussettes s'allongent. Anna récupère la laine des pull-overs maintenant trop petits. Il faut économiser sur tout. Henri fait des dessins tandis que Joseph se passionne pour Cosette et voue une haine infinie au commissaire Javert.

Pam pam pam pam. Ça y est, c'est le premier rendez-vous quotidien avec *Les Français parlent aux Français* sur la radio de Londres. On se rapproche, Samuel règle la longueur d'onde afin que le témoin vert lumineux soit net. Monsieur Painlevé les a rejoints.

Deux cent cinquante mille soldats allemands sous les ordres du général von Paulus sont encerclés à Stalingrad…

Le brouillage radio des services allemands rend l'écoute difficile. Pourtant, on discerne l'essentiel. Enfin, pour la première fois, l'avance terrestre des armées de Hitler est bloquée. Mieux encore, ce quart de million d'agresseurs est enlisé et subit les assauts des Soviétiques. Prise en tenaille, la sixième armée allemande est immobilisée, enterrée dans la boue et la neige, harassée par les charges des Soviétiques et par l'implacable hiver russe.

Monsieur Painlevé se lève et va chercher une bouteille de gnôle, fabrication maison.

– Vingt Diou de salauds, ça s'arrose m'sieur Samuel. Allez, une p'tite goutte. Allez, madame Adèle, pour vous aussi, et pour les enfants. Vingt Diou, à mon dire, c'est peut-être ben un changement dans c'te foutue guerre. Vingt Diou, les Boches f'ront plus les fiers.

Enfin une bonne nouvelle qui réjouit la famille. Monsieur Painlevé ressert la goutte à Samuel dont les yeux brillent. Henri pleure parce que « ça brûle là-dedans », dit-il en désignant sa poitrine, tout comme Joseph qui fait l'homme mais a bien du mal à retenir ses larmes.

* *
*

« Il est né le divin Enfant… » Près de l'autel, Joseph chante avec la chorale qui entoure la crèche où luisent les bougies. Revêtus d'aubes de dentelle, les enfants sont fiers de leur travail. Charlie a tenu parole, il assiste à la messe de minuit, puis attend son frère à la sortie de l'église. Le ciel s'est paré pour la fête, mais il gèle à pierre fendre. Les deux compères dévalent à travers champs pour retrouver la chaleur de leur maison.

– Ça t'a plu ? s'inquiète Joseph.

– Ouais, c'était chouette.

– Et moi, tu m'as vu ?

– Ouais, j't'ai vu, t'étais bien. Dis voir, Joseph, tu veux pas d'venir curé ?

– Oh, ça va.

Charlie est retourné au collège, Joseph et Henri à l'école du village. Le 31 janvier 1943, M. Painlevé a sorti une autre bouteille de gnôle pour fêter la reddition des Allemands à Stalingrad. Quelques jours plus tard, Didier Noubeix vient saluer son oncle. Cette fois, il porte un nouvel uniforme, celui de la milice française : bleu marine avec un béret. Un matin, Joseph a vu à la mairie une affiche de propagande milicienne ; le soir, elle avait disparu. Seules restaient les quatre punaises qui l'avaient fixé au mur.

Joseph et Henri se pressent vers la maison, ils ont promis de garder les vaches et de les rentrer avant la nuit. À cette époque de l'année, le soleil se couche tôt, il faut faire vite. Firmin, le copain de Joseph, et sa sœur Solange les accompagnent. Firmin va montrer à Joseph comment faire un feu pour cuire les châtaignes. Ayant envoyé Solange et Henri ramasser des brindilles, ils creusent un trou. Firmin s'est muni d'allumettes.

– On n'a pas d'papier, comment qu'on va faire ?

– Et ça, c'est quoi ? répond Firmin en sortant de son sac l'affiche chiffonnée qui vantait les mérites de la milice.

– Ah ! C'était toi ?

– Pardi, mon père, y dit qu'la milice, c'est comme les Boches, qu'c'est pas français.

* *
*

Laconique, un communiqué de Radio-Paris annonce le commencement de la liquidation du ghetto de Varsovie par les troupes des SS. Celui de Radio Londres hisse l'assaut au rang d'un fait d'armes et glorifie les valeureux combattants de ce misérable quartier encerclé par les Allemands. Aucune des deux radios ne mentionne la passivité criminelle des Polonais, qui refusent toute aide aux assiégés et vendent à prix d'or le moindre quignon de pain rassis. Peuple viscéralement raciste parant son antisémitisme de préceptes d'une Église chrétienne qui n'en demandait pas tant.

Abandonnés de tous, seuls au milieu de la haine, les Juifs du ghetto se battent pour mourir dignement comme le firent les zélotes à Massada. Ils savent que leur combat est un suicide mais ils savent aussi que la mort est leur seule issue. Des armes de fortune, faites de bric et de broc mais brandies par des héros en guenilles, tiennent tête aux troupes d'élite des nazis. Le ghetto aura tenu plus longtemps que l'arme polonaise en 1939 !

Samuel éteint le poste. Il se tait. Il pense à sa famille, à ses amis restés là-bas, à Varsovie. Il est pâle. Adèle pleure. Joseph s'approche :

– Tu sais, maman, je n'oublierai jamais les photos de tes parents que tu m'as montrées, jamais. Je te le promets.

* *
*

Les vacances de Pâques ont ramené Charlie. La campagne éclate d'une sève nouvelle. Joseph, chaussé comme Henri de sabots achetés à la foire d'Objat, participe maintenant complètement à la vie des champs. Ils y sont allés en vélo ; Henri sur le porte-bagages d'Adèle, Joseph sur une bicyclette à sa taille, Anna, toujours aussi gracieuse, en fin de peloton.

Jour de marché. Bien sûr, les étals ne sont pas surchargés, beaucoup de denrées manquent. Avec les points textiles de la famille, Adèle a pu acheter du tissu que Samuel transformera en tabliers, chemises… Il y a même de quoi faire une jolie robe pour Anna qui est maintenant une belle jeune fille de dix-sept ans. Tous les garçons se retournent sur son passage. Joseph est fier de marcher auprès d'elle.

Passant près du foirail, Joseph a vu M. Painlevé en grande discussion avec un maquignon. Celui-ci flatte l'échine d'un bœuf en tapant dans la main du paysan.

– *Merchat fach !*

– *Merchat fach, ma chantas naut, aura. Bon, j'm'en va tochar lo bestiau. Adios.*

Adèle a fait un gâteau pour l'anniversaire de Joseph. Pour la première fois, Charlie n'assistera pas à la traditionnelle fessée. Onze coups cette année, plus celui qui porte bonheur. Ce jour-là, il a entendu à la Radio Londres la nouvelle *Complainte des partisans*. Pas de paroles, mais la mélodie seulement sifflée et soutenue par le bruit feutré des pas sur les cordes bloquées d'une guitare le bouleverse. Chant que les gamins fredonneront par les chemins de la commune. *Marseillaise* clandestine regroupant les combattants de l'ombre.

Tous les gars en âge d'être emmenés pour le STO ont pris le maquis. Entre eux, les enfants parlent de la Résistance, de ses prouesses, du courage de ses hommes. Aux yeux des gamins, les résistants sont des héros de bandes dessinées. Joseph passe souvent devant l'épicerie Laffont, espérant voir des maquisards derrière la porte-fenêtre. Fidèle à la promesse faite à Charlie, il n'a rien dit à personne de ce qu'il a vu et entendu.

Le 22 mai, Marseille remporte la Coupe de France en battant, au football, Bordeaux par 4 à 0. Le même jour, une camionnette s'arrête dans la cour du Chalard. Armés de fusils de chasse, trois hommes en descendent, un quatrième reste au volant.

– Qui qu'vous êtes ? s'inquiète M. Painlevé.

– FTP.

– C'est quoi, ça ?

– Franc-tireur partisan.

– Qué qu'vous voulez ?

– Ton neveu. Didier Noubeix. On dit qu'il vient des fois par ici.

– Pourquoi ?

– C'est un collabo, un salaud d'milicien. Quand c'est-y qu'y r'vient ?

– J'sais pas.

– Tu peux le prévenir. Dis-y qu'la Résistance l'aura. En attendant donne-nous de quoi manger.

* *
*

Joseph a obtenu la clef du piano. Religieusement, il soulève le couvercle, enlève le tapis de velours brodé qui protège le clavier. Les touches d'ivoire jaunies par le temps dansent devant ses yeux. Il pose le doigt sur l'une d'elles et appuie doucement. Rien. De nouveau, il appuie sèchement. Une note s'élève, emplit le salon de sa sonorité. Puis une autre, et une autre, et encore une autre. Il joue du piano ! Il est fier, c'est lui qui fait naître cette musique. Il pianote encore, une note après l'autre, essayant d'un doigt de retrouver *La complainte des partisans*. Après une heure d'efforts, il ne réussit à tirer de l'instrument qu'une infâme bouillie qui ne mérite pas le nom de musique. Dans un classeur, il trouve un recueil de pièces pour enfants. Il ne comprend rien aux réglures, ni aux taches blanches et noires. À l'aide d'un dictionnaire illustré, il découvre la gamme. *Do, ré, mi, fa, sol, la, si*, n'ont plus de secrets pour lui. Enfin, toujours d'un doigt, il déchiffre *Au clair de la lune* qu'il jouera sans s'arrêter toute la fin de l'après-midi, s'enivrant de Pierrot et de plume, au grand dam d'Anna qui le supplie en vain de cesser. Joseph referme enfin le piano, glisse lentement une main sur le couvercle comme pour flatter le magicien et le remercier du bonheur qu'il lui a donné. Il range la clef dans la bibliothèque, se promet de revenir chaque jour « faire le pianiste ».

* *
*

C'est le grand jour. Joseph est habillé de propre. La veille, il est allé chez le coiffeur qui lui a fait un superbe cran. Ce matin, il a passé un temps fou pour le reconstituer et s'est fait une houppette qu'il a gominée pour la faire tenir. Il a rendez-vous à 8 heures devant l'école et monte dans la carriole de M. Jannot. Firmin Mouton est avec lui. Ensemble, ils vont à Objat passer les épreuves du DEPP, nouveau certificat d'études primaires. La veille, l'instituteur a retenu Joseph et lui a parlé seul à seul.

– Joseph, tu es le meilleur élève de la classe. Tu dois réussir l'examen, et bien que tu sois un étranger, je serai fier de toi.

Le gamin est heureux de la confiance de son maître, mais pourquoi lui avoir dit qu'il est un étranger ? Il est français. Il le sent dans son corps et dans sa tête. D'ailleurs, ne va-t-il pas passer un examen officiel réservé en principe aux Français ? À peine a-t-il entendu ce mot qu'il sent grossir la méchante boule au creux de son ventre. Il avait oublié sa différence, ou plutôt celle que les autres croient voir en lui.

La carriole parcourt allègrement la campagne en fête. Tous les verts de la création se sont donné rendez-vous dans ce coin du Limousin. Les blés déjà hauts sont ponctués de coquelicots rouges. Le bleu léger du ciel devient plus profond à mesure que le soleil monte. Rien ne presse, les épreuves ne commencent qu'à 10 heures pour se terminer à midi.

Une nouvelle école, plus grande que la sienne. Suivi de Firmin qui n'en mène pas large, Joseph pénètre dans une salle où sont déjà installés des postulants au diplôme. Le silence est impressionnant. Tous les regards se tournent vers eux. À pas feutrés, les deux compères gagnent leur place.

Au mur, l'horloge sonne les dix coups fatidiques. Il faudra attendre le milieu de l'après-midi pour connaître les résultats. Monsieur Jannot les invite à déjeuner aux frais de la municipalité, puis leur donne quartier libre. Les gamins filent au cinéma installé sous un chapiteau, place du Marché. On passe *Napoléon*, d'Abel Gance. Les bancs sont presque tous occupés, sauf les premiers rangs. Remontant l'allée centrale, Joseph est le point de mire de l'assistance. On se moque de sa houppette : « Eh !

R'gardez, c'est Riquet à la houppe. » D'un geste rageur, il écrase son cran, ébouriffe ses cheveux.

Ils sont reçus tous les deux, et tiennent précieusement leur diplôme. À la grande fierté de son maître, Joseph a même obtenu les félicitations du jury.

– Vous voyez bien, m'sieur, que je suis français.

* *
*

À l'âge de treize ans, les garçons juifs font leur entrée dans le monde des hommes. Samuel a demandé à Charlie de suivre, à Brive, les cours de l'école rabbinique qui a pris ses quartiers dans un petit appartement. Mais ce n'était pas dans les idées du garçon. Il n'y est pas allé. Grand bien lui en a pris. De retour pour les grandes vacances, et à la question de son père, Charlie raconte :

– Tu sais bien, papa, que tous ces trucs, ça ne me dit rien. Au lieu d'apprendre ma *paracha*, j'ai préféré aller avec mes copains scouts. Heureusement, la semaine dernière, juste avant la fermeture du collège, il y a eu une rafle. Toute l'école a été embarquée, étudiants et rabbins. Autant te le dire maintenant, tu aurais de toute façon fini par l'apprendre. Je regrette de t'avoir désobéi, mais j'suis bien content de l'avoir fait.

– Tu as raison, mon fils, et j'avais tort. Les temps sont ainsi faits. Il ne faut pas donner à tes ennemis un bâton pour qu'ils te tapent dessus. C'était vraiment une imprudence coupable. Mais je voudrais que tu me fasses une promesse.

– Laquelle, papa ?

– Un homme peut vivre sans avoir fait sa bar-mitsva, mais il doit respecter les traditions qui sont le ciment de la famille. Je voudrais que tu n'oublies jamais tes origines.

Joseph écoute. Il se souvient des repas de famille les jours de fête, avant la guerre. De son grand-père, les épaules recouvertes du châle de prière, qui leur racontait la sortie d'Égypte, d'Adèle allumant les bougies dont les flammes illuminaient son regard. Non, il n'oubliera pas.

* *
*

Les grandes vacances n'ont pas seulement ramené Charlie au Chalard. Monsieur Painlevé a un invité, le fils d'un lointain cousin marseillais.

– Je m'appelle Albert, dit-il en tendant la main à Charlie. J'ai quatorze ans. T'as pas l'air d'être du coin. T'es d'où ?

– Paris.

– Ah ! Chouette. Des Parisiens. C'est bien mieux que tous ces péquenots. J'y suis allé une fois, à Paris, avec mon père, pour son travail. On a fait tous les cafés de Pigalle et de la place Blanche. C'était bath. Si tu veux, té, on va être copains.

– D'accord.

Joseph s'amuse d'entendre parler cet Albert, un peu plus grand que Charlie, mais sec comme un coup de trique. Son accent chantant est truffé de vé, té, couillon…

– Vé, Charlie, qu'est-ce qu'y a à faire dans ce pays de couillon ?

Ce dernier hausse les épaules, montre la campagne d'un geste circulaire.

– Pôvres de nous. La Madone l'a pas gâté, ce bled. À Marseille, té, y a de tout : des cinés, des dancings, des plages. Tout, je te dis. Y manque rien, fan de couillon.

– Ben, pourquoi t'es venu ?

– C'est mon père. Y veut qu'j'grossisse. À Marseille, chichoune, on ne peut pas tout acheter, même au marché noir.

– Qu'est-ce qu'y fait, ton père ?

– Oh ! Putain. Il n'a pas à s'plaindre. L'a un clandé où on joue où c'est qu'y a des filles. Té, des filles comme t'en as jamais vu. Avec des nichons comme ça !

Et joignant le geste à la parole, ses mains dessinent dans l'air de généreuses poitrines.

– C'est pourquoi faire, les filles ? C'est quoi, des nichons ? questionne Joseph.

– Fan de pute, toi, t'es trop petiot. Demande à ton frère, vé, costaud comme il est, y doit savoir, le couillon.

– Tu sais, Charlie ?

– Ouais, bien sûr. Alors Albert, ton père, il est un peu gangster ?

– Je veux, mon neveu.

– C'est pas ton neveu, rétorque Joseph, c'est mon frère.

Albert hausse les épaules et poursuit :

– Même qu'il est respecté dans tout Marseille. Té, c'est comme qui dirait un chef. Même les Allemands qui vont chez lui, y le craignent.

– Alors, y fricote avec les Allemands, ton père ?

– Holà ! Faut pas confondre. C'est pas un collabo, tout le contraire.

Albert regarde autour de lui. Il va faire des confidences et ne veut pas d'oreilles indiscrètes.

– Tu sais garder un secret ?

– Sûr.

– On peut s'fier à ton frère ?

– Comme moi. Joseph, y sait s'taire.

– Mon père, c'est plutôt avec la Résistance qu'y

trafique, vu qu'les Allemands quand y z'ont bien bu et qu'y z'en tiennent une bonne, qu'y veulent une fille, souvent, y disent n'importe quoi. Mon père, y les laisse parler, après y raconte tout aux FFI. Vé, l'aut'jour, il a acheté un pétard à un Boche complètement bourré. Le lendemain, y se souvenait plus de rien.

– C'est quoi, un pétard ? questionne Joseph.

– Laisse parler, Joseph.

– Ouais, laisse parler les hommes, rajoute Albert.

– Moi aussi, j'suis un homme. C'est quoi un pétard ?

– C'est un revolver. Il l'a donné à mon grand frère qu'est dans l'maquis, à cause du STO.

Quelques jours plus tard, au pied du grand noyer, devant la maison, les gamins ont trouvé, tapi dans l'herbe, un petit oiseau recouvert de duvet blanc.

– Il est tombé d'là-haut, du noyer. Tiens, regardez, sur la grande branche. On voit l'nid.

– S'est fait mal ?

– J'sais pas.

Charlie ramasse l'oisillon et le pose délicatement dans le creux de sa main. D'un doigt, il lui caresse la tête.

– Regardez comme il a peur. Il tremble.

– C'est quoi ?

– J'sais pas. Un bébé en tout cas.

– Qu'est-ce qu'on en fait ?

– Je l'emmène dans ma chambre, dit Charlie d'un ton péremptoire. J'vas l'soigner. Si on l'met autre part, y va se faire bouffer par les chats.

– Et lui, qu'est-ce qu'y mange ?

– Des mouches. On va en attraper.

Monsieur Painlevé, qui sait tout, a dit qu'il s'agit d'un épervier. C'est dans l'étable qu'il y a le plus de mouches. Mais Joseph a beau essayer, il n'est pas assez rapide pour les attraper. Aussi est-il désigné par les grands pour trouver des vers de terre dans le potager.

Au fil des jours, Kazan – c'est le nom qu'ils ont donné au rapace – grossit et son duvet fait place à des plumes gris ardoise rayées de rouge brique sur le ventre. Sa queue s'allonge et ses ailes se fortifient. Kazan a un regard doré, fixe, aigu. Il ne piaille presque pas et semble heureux dans la chambre de Charlie, malgré la chaleur que gardent les fenêtres tenues fermées.

– C'est un mâle, a dit M. Painlevé. Y va bientôt vouloir voler, mais il est chétif. Faut lui donner des oiseaux à manger, sinon y va crever d'faim, c'te bestiole.

Ils ont tout fait. Se sont postés à l'affût, ont installé des pièges. Rien. Pas le moindre moineau, et Kazan maintenant réclame sa pitance avec véhémence. Il devient même agressif. Albert trouve la solution.

– Y a qu'à lui donner des poussins.

Joseph n'est pas d'accord.

– C'est pas vrai, Charlie. On va tuer des poussins ?

– Ben quoi. Tu manges bien du poulet, toi.

– Ouais, c'est vrai. Mais j'mange pas de poussins.

– Si tu veux pas nous aider, tu viens plus voir Kazan.

– Bon, ça va. J'vous aiderai. Mais c'est dégueulasse.

Deux par jour. À ce régime, il n'y aura bientôt plus de poussins au Chalard. Le dictionnaire dit que l'épervier d'Europe mange aussi des rongeurs. Alors les trois chasseurs, plus Henri qui les suit partout, posent des pièges à souris, et ça marche. Un jour, un poussin ; le lendemain, une souris. Regarder Kazan accrocher la proie de ses serres, la déchiqueter de son bec maintenant puissant, est un spectacle dont les enfants ne se lassent pas. Déployant ses ailes, l'épervier fait des bonds dans la chambre, essayant de voler. Il faudra bientôt le lâcher dans les airs.

Ils prennent finalement la décision d'attacher une ficelle à la patte de l'oiseau. Ils sont quatre au pied du noyer. Entre les mains de Charlie, Kazan bat des ailes, il a compris ce qu'on attend de lui. Albert arrime un bout de la ficelle à son poignet tandis que Charlie grimpe sur une haute branche.

– Vous y êtes ?

– Oui.

– Attention. J'y vais.

Et il lance en l'air Kazan qui aussitôt bat des ailes et parvient à se rétablir pour faire un superbe vol plané. Albert court dans le champ, la ficelle toujours accrochée au poignet.

– Ben merde ! Y vole ! s'exclame Joseph ébahi.

– Ben quoi, c'est normal. C'est un oiseau, rétorque Charlie fièrement.

– Y vole le zoiseau, crie Henri en courant tout en battant des mains.

Les deux jours suivants sont consacrés aux vols d'entraînement. Puis arrive le moment du lâcher véritable. Charlie grimpe encore une fois avec l'oiseau dans la main.

– Allez Kazan, vole !

Et le rapace s'envole, décrit des cercles autour de l'arbre comme pour inviter Charlie à le suivre, puis il s'en va, au loin. Les enfants courent dans son sillage, mais Kazan n'est bientôt plus qu'un point noir dans le ciel qui finit par disparaître.

– Té, s'y revient, j'brûle un cierge à la Madone, s'exclame Albert.

L'épervier est revenu le lendemain, et le surlendemain, et encore le jour d'après, volant toujours en cercle au-dessus du noyer.

– Oh Charlie ! Viens vite, Kazan s'est posé sur l'arbre. Fan de chichoune, on dirait qu'y t'attend.

Tout en haut, presque au faîte, Kazan s'ébouriffe, déploie ses ailes pour attirer l'attention. Charlie grimpe, Kazan le voit et semble l'attendre. L'ascension est périlleuse, l'oiseau est perché haut et les branches supérieures sont fragiles.

– Fais gaffe, Charlie.

– Taisez-vous, vous allez lui faire peur.

Charlie est presque arrivé, plus que trois mètres. De son œil doré, Kazan le regarde, fait le beau de la queue et des ailes. Il étale ses plumes et fait fête à son ami humain. Plus que deux mètres. Kazan ne bouge pas, Charlie s'est arrêté. Ils se regardent, unis par une étrange complicité. En bas, le silence. On craint une chute toujours possible. Charlie s'est encore avancé. Il est tout près. En allongeant la main, il pourrait le prendre. Et Kazan ne bouge toujours pas. Charlie assure sa position et avance la main. Immobile, Kazan le fixe toujours. Le garçon lui gratte la tête. Kazan s'ébroue de plaisir. Et soudain, il prend son vol, tourbillonne autour de son ami, monte haut dans le ciel pour fondre en piqué sur lui. Il tourne, s'amuse, lui montre tout ce qu'il sait faire, semble le remercier de l'avoir sauvé. Tout cela pendant une demi-heure. Puis, après un dernier vol plané, Kazan s'éloigne et disparaît dans l'azur.

Charlie est descendu de son observatoire.

– Qu'est-ce t'as, tu pleures ?

– Non. J'ai pris une branche dans l'œil.

XII

– C'EST LÀ, JUSTE À LA POINTE de la botte italienne.

– J'vois pas de botte.

– Regarde, là. C'est marqué : Sicile.

Joseph et Charlie sont penchés sur la carte de l'Europe. La radio de Londres vient d'annoncer le débarquement des Alliés.

– C'est dommage que l'père Painlevé soit pas là, on aurait bu la goutte.

Une véritable lueur d'espoir pointe enfin à l'horizon. Charlie est tout excité. Il écrase un doigt sur le centre de la France.

– Tu t'rends compte, y sont là et nous ici. J'me demande combien de temps y vont mettre pour nous délivrer. Qu'est-ce t'as à t'gratter la tête comme ça ?

– J'sais pas. J'fais pas exprès.

– T'as des poux ?

– J'crois pas.

– Fais voir.

Charlie fouille dans les cheveux de son frère et, triomphant, lui montre une bestiole sur son ongle.

– Et ça, qué qu'c'est ?

– Merde ! C'est ça un pou ?

– Je veux. Tiens, r'garde plus près.

Il écrase le parasite et ajoute :

– Allez, viens. On va l'dire à maman.

Joseph n'y coupe pas et, dans l'ordre, subit : le lavage à grande eau, la « Marie-Rose » à l'odeur âcre et désagréable, la coupe en brosse très court et enfin le passage répété du peigne fin. Après plusieurs jours de traitement intensif, les poux ont disparu.

– Dis, maman, ça r'pousse vite les cheveux ?

– Mais oui. Rassure-toi, tu seras beau pour aller au collège.

Car cette année, comme son frère, Joseph est inscrit comme interne au collège Cabanis, à Brive.

* *
*

À la porte de l'épicerie, aux épaules un sac à dos plein à ras bord, Charlie discute avec M. Laffont.

– Passe par les bois. T'attarde pas si tu veux rentrer avant la nuit. Sois prudent. En r'venant, passe par l'épicerie ; on boira un canon. Allez, va. Que l'bou Diou t'garde.

Joseph a entendu. Il suit son frère et le rattrape un peu plus loin.

– Où qu'tu vas ?

– J'peux pas t'le dire.

– Mais j'suis ton frère !

– C'est pareil, j'peux pas.

– Qué qu't'as dans l'sac ?

– D'la bouffe.

– Pour qui ?

Charlie ne répond pas. Joseph le suit toujours.

– Va-t'en, Joseph.

– Pourquoi ?

– Parc'que là ou j'vas, tu peux pas venir.

– C'est où ?

Charlie s'arrête.

– Bon, j'te l'dis. Mais c'est un secret. Répète à personne, surtout pas à papa.

– D'accord.

– J'porte à manger aux maquisards. Faut pas qu'on m'suive. Allez, va-t'en. J'te raconterai c'soir.

Tous les deux ou trois jours, pendant les mois d'août et de septembre, Charlie porte des sacs de ravitaillement, parfois des messages. Comme une fourmi, il court à travers champs et forêts, alourdi par le poids de sa charge. Trop jeune pour vivre le maquis, ce costaud de quatorze ans ravitaille les résistants et fait l'agent de liaison. Joseph est béat d'admiration.

– Si Charlie s'y met, sûr qu'on va la gagner, c'te guerre.

Ça craque de toutes parts. Le mythe de l'invincibilité des armées allemandes se fissure de plus en plus. L'Italie signe un armistice avec les Alliés. En Corse, les résistants se soulèvent. Les Allemands évacuent la Sardaigne, Naples est libérée. Le 4 octobre, le drapeau français flotte à nouveau sur toute l'île de Beauté.

Penchés sur leur carte, Charlie et Joseph suivent la lente progression des libérateurs.

– Tu vois, y r'montent. Bientôt, y s'ront en France. Regarde, nous, on est là, au milieu.

– Ça s'ra fini avant qu'on aille au collège ?

– T'es malade ! On part dans trois jours.

– Ben, tant mieux !

– Pourquoi qu'tu dis ça ? T'es fou !

– Parc'que j'ai envie d'aller au collège. J'veux apprendre à parler l'anglais. Comme ça, quand y aura les Américains, j'leur parlerai et y m'comprendront.

– Qu'est-ce que tu veux leur dire ?

– Qu'on les attendait plus tôt.

* *
*

Joseph a lui aussi sa valise en carton et sa cassette en bois. Il en est très fier. Il les garde près de lui pendant tout le trajet du Chalard à la gare du Burg où M. Laffont les conduit en carriole.

– Adieu, les p'tiots. Putain d'Diou, gardez-vous ben.

* *
*

Achtung, achtung, dei bahn einschtab in Brive-la-Gaillarde.

« Attention, attention, le train arrive à Brive-la-Gaillarde. »

Le convoi s'arrête. Joseph est soudain pétrifié : il y a des soldats allemands sur le quai. Il n'en avait pas vu depuis Paris.

– T'as vu, Charlie ? Y a des Boches !

– Ouais, aie pas peur, suis-moi, on va passer par-derrière. Je connais l'chemin.

Bizutages, bousculades, nouveaux camarades, nouveaux professeurs. Dortoir, réfectoire. Joseph n'a pas le temps de penser à autre chose qu'à sa nouvelle vie. Il finit par oublier qu'au-delà des grilles, des hommes en uniforme vert-de-gris se promènent dans les rues.

Charlie s'occupe de tout et protège son frère des vexations que les anciens infligent aux « bleus » : passage de verge au cirage, combats de boxe dans la cour pour savoir qui est le plus fort parmi la bleusaille. Mais il ne peut éviter de chanter devant les grands, ni les corvées de chaussures, ni bien d'autres encore.

– Quand tu vas à la douche, cache ton zizi tant qu'tu peux pour que les autres le voient pas.

– Pourquoi ?

– Pas la peine qu'on voit que t'es circoncis.

– Pourquoi ? C'est pas des Boches.

– Y en a qu'ont des parents collabos. Faut toujours se méfier.

– C'est con qu'on a pas la *tessef* pour écouter les nouvelles.

– T'en fais pas. Dans mon dortoir, on a un poste à galène. J'te dirai.

Parce que son frère est déjà aux Éclaireurs de France, on accepte Joseph bien qu'il soit encore trop jeune. Le dimanche, ils partent en forêt pour de longues marches. Joseph n'a pas de chapeau comme en ont les autres. Il a un béret, sans insigne auquel il n'aura droit que lorsqu'il aura fait sa « promesse ».

Le premier dimanche de sortie a été pluvieux. Les garçons reviennent d'une longue randonnée. Pour faire comme les autres, Joseph a rempli son sac de pommes de pin, de feuilles, de fleurs variées qui rejoindront l'herbier de la troupe. Le jour tombe peu à peu et la pénombre s'insinue sous les arbres. Les grands allongent le pas, il faut rentrer avant la nuit.

Les jambes de Joseph sont petites et, pour suivre, il doit courir. Il n'en peut plus.

– Tant pis, je m'arrête.

Et il s'écroule sur un tronc.

– Allez, debout. Si tu veux être scout, faut marcher. Sinon je t'emmène plus.

Joseph se lève mais se rassied trois minutes plus tard.

– Ben, qu'est-ce que tu fais ? Allez, du nerf, y a plus que trois kilomètres.

– J'peux plus. J'en ai marre. J'ai mal aux pieds. Vous marchez trop vite avec vos grandes guibolles. J'suis obligé d'courir.

Le pauvre gosse est au bord des larmes. Charlie a pitié de lui.

– Allez, grimpe sur mon dos. Tu vas voir, on va y arriver.

Bercé par le pas régulier de son frère, Joseph s'endort. La troupe traverse la ville en chantant, mais Joseph dort toujours. Il ne se réveillera que le lendemain, après douze heures de sommeil. Au petit déjeuner, il retrouve son frère au réfectoire.

– Salut ! C'était vachement bath hier. Tu m'emmèneras encore, hein ?

– Bien sûr. Bois ton lait et mange, Yossélé.

Noël approche. Les deux collégiens regagnent le Chalard pour un mois de vacances. Rien n'a changé. Joseph court du piano à l'étable, retrouve ses habitudes. Heureuse de voir ses garçons, Adèle leur mijote les plats qu'ils aiment. Les nouvelles sont bonnes, mais Samuel reste soucieux. C'est trop long. Le débarquement des Alliés sur les côtes de France se fait trop attendre. Harcelés par la Résistance, les Allemands sont de plus en plus nerveux. Ils raflent par surprise, emprisonnent, fusillent des otages en représailles. Et malgré quelques travaux qu'il a pu faire, son pécule fond comme neige au soleil. Il rectifie les vêtements des paysans ou leur en taille des nouveaux quand ils ont du tissu. Il se fait payer en nourriture, ça semble moins cher pour les cultivateurs que s'ils devaient payer en argent. Pour Samuel, cela revient au même, sauf qu'ainsi ses clients ne rechignent pas et sont même parfois larges. Dame, malgré la guerre, ce n'est pas l'argent ou la nourriture qui manquent dans cette contrée. Au début, Adèle allait chercher du travail à coudre pour Samuel, mais à présent, cela devient très dangereux de circuler, et Samuel ne veut plus qu'elle prenne ce risque.

– Comprenez-moi, monsieur Painlevé, je n'ai pas de vrai travail et plus beaucoup d'argent. Il faudrait diminuer un peu notre loyer. Je travaillerai davantage à la ferme en compensation.

– Faut ben dire que vous y travaillez déjà pas mal.

– Alors, pour le loyer ? répond Samuel plein d'espoir.

– Vous n'y pensez pas, m'sieur Samuel. J'vous fais déjà pas cher, d'autant que j'voulais vous augmenter, mais si vous travaillez plus, j'veux ben garder l'prix. D'autant que l'maire y r'garde pas d'un bon œil que j'vous abrite. Y dit qu'si les Allemands ou les miliciens l'apprennent, on aura des ennuis au village. Pour sûr.

Le lendemain, Adèle se rend chez Mme Laffont et propose de lui vendre une bague prise sur son trésor de guerre qu'elle garde pour le cas où…

– Non, m'dame Adèle, j'en veux pas de vot'bague, même si vous la faites pas cher. Dans not'pays, j'saurais pas quand la mettre. Mais j'vas tout de même en parler à mon mari, j'vous dirai… Ah ! Ben, le v'là. On va tout de suite y demander.

Monsieur Laffont jette des regards furtifs vers Adèle tandis qu'il discute à l'écart avec Lucette, dans un coin de l'épicerie. Finalement, le couple s'approche.

– M'dame Adèle, on veut pas de vot'bague. Mais si vous voulez, on va la garder et vous prêter de l'argent. Quand la guerre s'ra finie – bou Diou ça finira ben un jour –, vous nous rembours'rez, et nous, on vous rendra vot'pacotille. De plus, vu la valeur de vot'bijou, on va vous faire crédit sur ce que vous achèterez. Vous nous paierez après la guerre. Ça vous va-t-y ?

Adèle, les larmes aux yeux, se lève et prend Lucette dans ses bras.

– Merci.

– Merci ? Y a pas d'merci. Vous êtes juive et nous chrétiens, c'est du pareil au même pour nous deux quand nos enfants ont faim.

Charlie a repris ses missions pour le compte du maquis. Joseph passe la plupart de son temps avec son copain Firmin.

– Viens donc voir, Joseph, j'vas t'montrer où qu'mon père y range son tabac. C'est là, dans la remise.

Il pousse le battant et Joseph découvre face à eux, pendues au plafond comme des chauves-souris, les feuilles de tabac qui sèchent. Il y en a des centaines, encore souples ou déjà craquantes. L'odeur âcre qui règne là pique les yeux des enfants.

– T'as déjà fumé, toi ?

– Non, et toi ?

– Oui. Tu veux essayer ?

– On peut ?

– Bien sûr, y a qu'à s'planquer. Tu vas voir.

Firmin décroche une large feuille qu'il coupe en deux et ramasse un journal. Puis il entraîne Joseph derrière la ferme.

– On va s'rouler une cigarette dans l'papier. Fais comme moi.

Firmin montre à Joseph comment plier le tabac et comment l'enrouler.

– Ça fait gros, j'peux pas tenir ça.

– T'es con. Serre-la avec la main, sinon ça va s'dérouler. Ça y est ?

– Ouais, et après ?

– Ben, on allume et on tire dessus. Tiens, v'là une allumette. Vas-y.

Joseph frotte contre le mur l'allumette soufrée, attend que le grésillement cesse et présente la flamme au bout de son rouleau. Il tousse, il pleure, mais continue. Tout comme Firmin dont le visage se noie derrière un écran de fumée. Il crache, racle sa gorge en feu. Il n'essuie même plus ses larmes, tant elles sont maintenant abondantes. Le papier se consume plus vite que le tabac, et le rouleau braise en une masse informe. Mais Joseph continue d'aspirer et de cracher. Il ira aussi loin que Firmin, pour lui prouver que tout parigot qu'il est, il est aussi un homme.

C'est un petit ange aux boucles brunes qui le libère. Solange les surprend.

– Eh ben, qué qu'vous faites ? Vous fumez le tabac du p'pa ? J'vas y dire. Y va pas êt'content.

Les deux gamins jettent leurs cheminées par terre et les piétinent rageusement. Malgré le froid, ils sont en nage.

– Z'allez êt'malades. Tu ferais bien d'rentrer chez toi, Joseph. T'es déjà tout blanc.

L'interpellé ne demande pas son reste. Son ventre gargouille et sa gorge lui paraît prise dans un étau. Il a tout juste le temps d'arriver avant de tomber dans les bras de sa mère.

– Tu es tout pâle, Joseph. Qu'y a-t-il ?

– Rien maman. J'ai fumé avec mon copain. C'est dégueulasse, j'te promets bien que j'recommencerai plus jamais.

Après dîner, informé des frasques de son fils, Samuel lui tend son paquet de cigarettes.

– Tiens, mon garçon. Tu en veux une ?

– Non, merci p'pa, j'aime pas ça.

Monsieur le curé a insisté pour que Joseph chante avec la chorale qui célèbre la fête de Noël à l'église du village. Encore une fois, le garçon a revêtu l'aube des enfants de chœur. Solange, la sœur de Firmin – qui ne va plus à l'école de la commune, mais dans une pension tenue par les sœurs –, chante à côté de lui. Les deux enfants se sourient lorsque leurs mains se frôlent.

Joseph n'a pas oublié Myriam, mais il trouve Solange jolie. Son sourire malicieux, ses boucles noires la font ressembler à un angelot.

À la sortie de la messe de minuit, Joseph l'embrasse sur les joues, ce qui la fait fuir, toute rougissante.

– J'viendrai te voir demain dans le pré à vaches, lui crie-t-il.

Heureusement, il n'a pas neigé ni gelé, et le troupeau, que gardent Firmin et sa sœur, a pu sortir. Joseph les rejoint près du feu où des pommes de terre cuisent sous la cendre.

– Y a pu assez de bois, j'vas en chercher, dit Firmin en s'éloignant.

– T'aimes les patates chaudes, Joseph ?

– Ouais.

– Va falloir attendre un peu, elles sont pas assez cuites.

– J'peux t'embrasser ?

– L'Firmin, y va nous voir.

Elle jette un regard circulaire.

– Fais vite. Pas sur la bouche.

Joseph s'approche, triche un peu et lui embrasse le coin des lèvres. La gamine lui sourit, pas fâchée.

– Tu peux r'commencer si tu veux, mais triche pas.

Cette fois, il lui plaque deux baisers sur les joues. Elle le retient et lui fait une bise rapide sur les lèvres.

– Alors comme ça, j'suis ta bonne amie maintenant ?

– Ouais, si tu veux.

– Oui, j'veux bien. Pourquoi tu rougis ?

– J'pense à quèqu'chose.

– C'est quoi ?

– T'as des seins comme les grandes ?

– Ça commence.

– Fais voir.

– J'peux pas, fait trop froid.

– Ah ! Bon.

– Mais tu peux toucher.

Joseph pose la main sur la poitrine de Solange.

– Plus haut.

– J'sens rien.

– Dame, y en a pas encore beaucoup. Tiens, donne ta main, j'te montre. Là, tu sens ? T'es en plein dessus.

– Ah ouais !

– Ça te plaît ?

– Bof.

Et après un temps de réflexion.

– Tu veux qu'j't'écrive à ta pension ?

– Ben oui, puisque t'es mon bon ami. Attention, v'là l'Firmin qui r'vient.

* *
*

L'année 1944 commence mal. Monsieur Jannot, l'instituteur qui est aussi secrétaire de mairie, apporte à Samuel une convocation officielle qui vient du STO à la préfecture. Ordre lui est donné de se rendre à Tulle pour travailler à la manufacture d'armes, à compter du 10 janvier.

– N'y va pas, supplie Adèle.

– Comment veux-tu ? Ils ont mon adresse. Si je n'y vais pas, ils viendront me chercher ici et nous emmèneront tous.

* *
*

Achtung, achtung, dei bahn einschtab in Brive-la-Gaillarde.

Charlie, Joseph et leur père descendent du train. Les enfants sont arrivés. Ils retournent à l'internat. Samuel change de convoi, direction Tulle.

– Fais attention, papa. Avec les maquisards, les Boches sont de plus en plus nerveux. Si tu vois qu'il y a du danger, sauve-toi.

– Ne t'inquiète pas, mon grand. Toi, Joseph, écoute bien ton frère. C'est un homme maintenant.

Malgré la joie de retrouver leurs copains, la rentrée est triste. La famille est éclatée. Adèle, Anna et Henri sont restés au Chalard, sans homme pour les protéger ; Samuel est à Tulle, en danger dans une usine d'armement contrôlée par les Allemands ; et eux, au collège Cabanis.

Les Alliés piétinent en Italie, la Russie est loin, ça ne va pas assez vite. « Bon Dieu, quand est-ce qu'ils vont débarquer ? »

Grâce à Charlie, Joseph a le droit d'écouter les grands commenter les événements, particulièrement ceux concernant la Résistance, de plus en plus active. Les ponts, les viaducs, les routes sautent. Les locomotives sont sabotées et les déraillements fréquents. En ville, en dehors du couvre-feu, on ne voit que des cyclistes ou des camions à gazogène. Sur les routes de campagne, les Allemands ne circulent qu'en convoi, redoutant les embuscades des FFI dont l'armement, grâce aux parachutages des Alliés, est maintenant plus efficace. Hors des villes, la nuit appartient aux maquisards.

– Y z'ont enlevé les panneaux indicateurs. Les Boches peuvent pu retrouver leur chemin.

– Ouais, y mettent même des faux panneaux.

– À la BBC, y disent que le débarquement, c'est pour bientôt.

– Ben, y f'raient mieux d'se presser.

– Faut qu'y fassent gaffe, à cause du mur de l'Atlantique.

– Où tu crois qu'y vont débarquer ?

– Moi, j'parie pour Dunkerque. C'est plus près de l'Angleterre, et y z'ont une revanche à prendre.

– Moi, j'dis du côté de Brest, c'est plus loin, mais les Boches s'y attendent pas.

– T'es malade, pourquoi pas en Belgique ou au Danemark ?

– Ouais, pourquoi pas ? Va savoir ?

– En tout cas, on dit que c'est De Gaulle qui mettra le premier un pied en France.

– Normal, mais avec Eisenhower qu'est quand même le chef.

L'hiver tire à sa fin. Sur les arbres de la cour, les bourgeons éclatent, laissant pointer les premières feuilles. Et les grands discutent toujours.

– Mars qui rit pendant les averses prépare en secret le printemps. C'est c'que j'ai entendu hier soir à la radio de Londres. J'suis sûr qu'y voulaient dire que le débarquement, c'est pour le printemps. Et on y est presque.

– T'as peut-être raison, mais moi, j'viens de rencontrer le prof de maths. Y a du nouveau, les gars. Y paraît que les Allemands veulent réquisitionner une partie du collège et qu'les internes vont être obligés de partir.

La nouvelle est confirmée. Les élèves ont quarante-huit heures pour quitter l'établissement.

– Ah ! C'est comme ça, a dit Charlie, eh bien, on va leur foutre le bordel en souvenir, à ces putains de Boches.

Joseph fait comme les grands. Ils cassent les carreaux, bouchent les lavabos avec du gravier, détruisent les serrures, crèvent les matelas, scient les pieds des lits, arrachent les fils électriques.

Les Éclaireurs de France viennent avec une charrette pour les aider à transporter leur barda et les accompagnent à la gare. Les scouts installent les deux frères dans leur compartiment. Charlie ouvre la fenêtre. Sur le quai, face à leur voiture, la troupe s'est rangée en arc de cercle dans un impeccable garde-à-vous, le fanion baissé en direction des deux voyageurs.

Ce n'est qu'un au revoir, mes frères…

Ils ne sont qu'une douzaine, on les croirait cent, mille, tant leur chant s'élève haut dans le ciel. Le silence se fait autour d'eux. Tous les regards convergent vers ce groupe fraternel. Les hommes se découvrent, les femmes essuient un pleur. Le train s'ébranle…

… oui nous nous reverrons, mes frères, ce n'est qu'un au revoir…

Les voix s'estompent et se noient dans le chuintement de la locomotive. La tête penchée à la fenêtre, Joseph et Charlie pleurent sans honte. Le groupe de scouts se rétrécit, puis se confond avec la foule. Les yeux brouillés, Joseph a l'impression que tous les visages sont tournés vers eux. Plus rien, même la gare a disparu. Mais le bruit des roues sur les rails continue à scander le chant d'adieu et d'espérance.

* *
*

Bombardements massifs sur l'Allemagne, actions des FFI, avance des troupes soviétiques qui pénètrent en Roumanie, lente progression des Alliés en Italie. Joseph pique des petits drapeaux sur la carte de l'Europe.

Samuel revient chaque dimanche.

– Les ingénieurs allemands sont constamment sur notre dos pour augmenter les cadences de fabrication. Je conduis une machine à fraiser. Il faut être très précis, car à la moindre erreur, les Allemands crient au sabotage et te jettent en prison. On mange mal, on dort mal, on travaille beaucoup. Mais par rapport à d'autres, je n'ai pas à me plaindre.

– Fais-toi arrêter pour maladie, dit Adèle, au moins pour quelques jours. Le Dr Manière d'Ayen m'a donné un certificat pour toi si tu veux.

Joseph est retourné à l'école du village. Le maître le fait travailler spécialement pour que son année ne soit pas perdue.

Il a écrit à Solange et la lettre a fait aussitôt boomerang. Toute la journée, M. Jannot l'a regardé bizarrement. Après les cours, il lui a demandé de rester un moment.

– Qu'est-ce que c'est que ça ?

Joseph reconnaît la lettre envoyée à sa bonne amie.

– J'sais pas.

– Tu ne sais pas ? Monte sur la table.

D'une baguette flexible, le maître flagelle les mollets nus du garçon.

– Et comme ça, la mémoire te revient-elle ? Petit voyou, écrire de pareilles choses, à ton âge. Tu n'as pas signé, mais je reconnais ton écriture. Allons, avoue !

– Oui, m'sieur, c'est moi, pleurniche Joseph.

– Attends-moi. Ne bouge pas de la table.

Le maître sort et revient aussitôt en compagnie de monsieur le maire.

– Allez, dis à monsieur le maire que c'est toi l'auteur de cette lettre.

Joseph se tait. Maintenant, il a peur. Mais la baguette danse à nouveau sur ses mollets.

– Oui, m'sieur, c'est moi.

– Eh ben, mon gaillard, c'est pas ben malin. T'aurais dû savoir qu'les sœurs a-z-ouvrent l'courrier d'leurs pensionnaires. Qu'est-ce que t'as ben pu y dire à la Solange pour qu'ça fasse un pareil tintouin, dit-il en se saisissant du fameux billet qu'il lit. Où t'as-t-y été cherché tout ça ? « Je t'embrasse partout… » Ben, bou Diou, t'es précoce. « Rappelle-toi quand on s'roulait sur l'herbe. » Ben dis donc, t'y vas pas d'main morte. T'as roulé dans l'herbe avec la Solange ?

– Non, m'sieur.

– Ben alors, pourquoi qu'tu l'écris ?

– J'ai tout copié dans un journal pour les femmes.

– Ah ! T'as copié, j'veux ben, mais l'père Mouton, l'est pas content. Copié ou pas, roulé ou pas, il a donné une sacrée torgnole à la gamine qui, à c't'heure, fait pas la faraude. J'sais pas ce qu'j'vas faire de toi, vu qu'tu es pas d'ici, qu'tu es étranger en somme. T'vas dire à ton père de v'nir m'voir dimanche avant les vêpres, qu'j'y cause, vu qu'la s'maine il est à Tulle.

Étant donné le statut particulier de Samuel et le danger que lui ferait courir une plainte déposée par le père de Solange, ce dernier, le père Mouton se contente d'un don de 5 000 francs pour les œuvres de la commune, ce qui grève lourdement les réserves de la famille.

– Bien sûr, j'vous fais pas de reçu.

– Bien sûr.

Le lendemain, Firmin attend Joseph à la sortie de l'école pour, dit-il, venger l'honneur de sa sœur. Encouragés par les vociférations des élèves, les deux gamins se collètent devant le perron de la mairie. Monsieur Jannot sort précipitamment et les sépare.

– Si j'te vois rôder autour d'chez nous, j'te casse la gueule, hurle Firmin en s'éloignant.

Joseph hausse les épaules et va se nettoyer la face au lavoir. Puis il prend la route du Chalard. Mais quand on ne peut plus le voir, il bifurque à travers champs pour couper la route à Firmin.

– Oh ! Firmin !

– C'est encore toi ? Qu'est-ce que tu veux ?

– Ben, on a pas fini.

– Fini quoi ?

– D'savoir qui c'est le plus fort. À moins qu'si tu veux qu'on cause ?

– J'veux bien.

Et Joseph doit lui expliquer qu'il n'a voulu vexer personne, que c'est en accord avec Solange qu'il lui a écrit. Qu'il regrette et ne veut pas se fâcher avec son seul copain.

– C'est vrai ça, Joseph ?

– Sûr qu'c'est vrai.

– Moi non plus, j'veux pas m'fâcher avec toi. Allez, on se serre la main. Si tu veux, j'te raccompagne au Chalard.

Charlie a repris ses missions. Il lui arrive parfois de passer la nuit avec les maquisards. À l'usine d'armement, les arrestations se multiplient. Samuel est inquiet.

– Personne n'est jamais revenu de déportation. On raconte que ce qui s'y passe est horrible.

La fatigue et la tension ont creusé son visage. Pour ne pas troubler les siens, il ne leur raconte de ce qu'il sait que ce qu'il veut bien. Il ne dit pas les arrestations au hasard parmi les travailleurs juifs de la manufacture. Pareil à la roulette russe, il sent, lorsque les SS marchent dans les allées de l'usine, qu'il y a une balle dans le canon qui lui est destinée. C'est d'ailleurs à sa seule chance qu'il doit d'être encore vivant et en semi-liberté. Par deux fois déjà, il s'est servi des certificats de complaisance du Dr Manière. Il craint d'en abuser.

Pourtant, dans la campagne du canton d'Yssandon, la vie continue. Ce jour-là, une noce va être célébrée. La famille est invitée. Mireille, une amie d'Anna, coiffeuse à Objat, a rencontré Juan qui, comme son nom l'indique, est espagnol d'origine. Il est arrivé en 1938, réfugié de la guerre d'Espagne qu'il a fuie au péril de sa vie. Au début de la guerre, les hommes étant mobilisés, il a trouvé rapidement du travail dans une boulangerie d'Objat. C'était, en Espagne, son métier. À force d'opiniâtreté et de privations, Juan et Mireille ont pu mettre assez d'argent de côté pour acheter la boulangerie qui l'employait. L'artisan mort à la guerre, sa veuve leur a vendu son commerce en leur consentant un crédit. Joseph est tout excité. Jamais il n'a assisté à un mariage, encore moins à la campagne. Il est allé chez le coiffeur qui lui a refait une houppe, et Samuel lui a taillé un costume avec un pantalon golf dans un vieux tissu. Joseph se sent tout beau et pavane devant tout le monde afin qu'on l'admire, d'autant qu'il fait partie des garçons d'honneur de la mariée. Ce n'est pas son mariage, mais il se sent le héros de la fête.

La cérémonie était superbe. La mariée tout en blanc ressemblait à une déesse et Juan avait les cheveux plaqués, noirs brillants avec une raie centrale. À la sortie de l'église, les cloches sonnaient à toute volée. Mireille a jeté par-derrière elle son bouquet de noces et c'est Anna qui l'a reçu. Elle était rouge de bonheur, comme si c'était un signe du destin qui la protégerait jusqu'à la fin de la guerre. Après, il y a eu le banquet. Les invités ont dansé au son de l'accordéoniste dont on disait qu'il était maquisard et qu'il n'était venu, à ses risques et périls, que pour honorer sa cousine, la mariée.

Anna, à un moment, s'est retirée. Elle avait les yeux rouges. Adèle l'a vu partir. Elle l'a suivi. À l'écart, Anna s'était assise sur un tronc d'arbre. Adèle voyait sa poitrine se soulever par à-coups. Anna pleurait.

– Qu'est-ce qu'il y a, ma fille, tu n'es pas heureuse que ton amie se marie ?

– Si maman, je suis très heureuse pour elle, mais crois-tu que moi aussi, un jour, j'aurai la chance de me marier, si les Allemands ne m'attrapent pas ?

– Écoute-moi bien, Anna. Jusqu'à présent, nous avons eu beaucoup de chance. Pourquoi veux-tu qu'elle nous abandonne maintenant ? Garde ta confiance intacte. Nous y arriverons et lorsque la guerre sera terminée, tu rencontreras un beau garçon et nous ferons une très grande fête. Nous inviterons toute notre famille et tous nos amis. Tu oublieras les moments difficiles. Crois-en ta mère.

Une fête en amène une autre. Lucette, la sœur de Samuel, celle qui avait accompagné Joseph lors du passage de ligne de démarcation, vient d'avoir un bébé, un garçon. Et voilà que, malgré les risques encourus, elle et son mari décident de le faire circoncire dans la tradition. Malgré la désapprobation de Samuel et de bien d'autres, ils s'obstinent dans leur folie, ainsi que Samuel appelle cette cérémonie.

– Si tu as peur, ne viens pas, lui a dit Lucette.

– Ça n'est pas la peur qui me retient, mais l'inconséquence d'une telle initiative. Te rends-tu compte que tu mets en danger tous les invités qui viendront ? Nous ne sommes pas à l'abri d'une dénonciation et les Allemands, ou même la milice, peuvent l'apprendre.

– Mais ça ne se saura pas. Nous essaierons d'être discrets.

Samuel a haussé les épaules. Il ira, il le sait bien, mais il refuse qu'Adèle et les enfants viennent. Joseph l'a beaucoup regretté d'autant plus que Samuel a raconté toute la fête. Le rabbin, les gâteaux, les chants, les prières… La tradition.

– C'était bien, mais il fallait être fou pour organiser une telle cérémonie alors que nous sommes pourchassés. Je préfère regretter que vous ne soyez pas venus, plutôt que de pleurer sur une rafle qui aurait pu se produire. Vous rendez-vous compte qu'il y avait, dans ce petit appartement, plus de vingt personnes, toutes cachées en différents endroits et qui s'étaient réunies, devenant ainsi une proie facile pour les Allemands ! Il y avait de quoi remplir un camion pour la déportation.

* *
*

Début mai, Didier Noubeix est venu rendre visite à son oncle pour prendre du ravitaillement. Adèle et Anna sont restées enfermées dans leur chambre, pour éviter d'être importuné par le milicien.

– T'es donc pas déguisé en clown, à c'jour ?

– J'peux pas, à cause des terroristes.

– On dirait qu'tu fais moins l'fier.

– Pour le moment. Attends la réaction des SS. Tu vas voir.

– Ben, faut qu'y fassent vite, parc'que toi, t'as les FFI au cul. Y sont déjà v'nus t'chercher. Si y t'trouvent, j'donne pas cher de ta couenne.

Le 7 mai, Nancy gagne la Coupe de France de football en battant Reims. Joseph et Charlie sont fiers de leur ville natale.

Et c'est le 21 mai, un dimanche, et non le 17 parce que Samuel n'était pas là, que Joseph reçoit douze coups sur les fesses, plus un pour que ça porte bonheur.

Les Allemands sont chassés de Monte Cassino, les Alliés foncent en direction de Rome. Joseph peut enfin bouger ses drapeaux sur la carte.

– Non, ne va pas à Tulle demain, j'ai un mauvais pressentiment. Le docteur te fera une fois encore un certificat.

– Tu sais bien qu'il n'y tient plus. À juste titre, il craint des ennuis.

– Ça ne fait rien. J'irai le voir.

Adèle revient avec l'ordonnance. C'est la dernière, a précisé le docteur. Le soir, comme à l'habitude, la famille est réunie autour du poste et tente d'entendre les nouvelles, malgré le brouillage, espérant toujours l'annonce du débarquement. Hélas, rien. Des messages destinés aux différents maquis, des paroles d'encouragement, des informations sur l'avance des troupes engagées en Europe, dans le Pacifique. Sur la France, rien.

* *
*

Monsieur le maire fait irruption le mardi 6 juin à 11 heures du matin, dans l'unique salle de classe. Il glisse quelques mots à l'oreille du maître. Celui-ci se redresse, pâlit. Ils sortent, reviennent ensemble. Monsieur Jannot s'approche alors du grand tableau noir, essuie le maréchal, nous voilà, puis se retourne vers les élèves. Monsieur le maire monte sur l'estrade.

– Mes enfants, j'ai une grande nouvelle à vous annoncer : les Alliés ont débarqué en Normandie.

Toute la classe hurle sa joie. Joseph, lui, n'a pas bougé. Enfin, ils arrivent. Il a envie de pleurer. Il est incapable de se lever. Le maire entonne *La Marseillaise*. Alors, le descendant de nos ancêtres les Gaulois, l'étranger, le pas-comme-les-autres, celui qu'on montre du doigt, se lève et mêle sa voix à celle des autres.

Sur le chemin pierreux qui monte au Chalard, Henri lui demande :

– C'est où, la Normandie ?

– Attends, j'te montre.

Joseph gratte le sol de sa semelle pour dégager un morceau de terre qu'il lisse de la paume. Puis avec un bâtonnet, il dessine une France rudimentaire.

– Tiens, tu vois, c'est là, la Normandie.

– C'est en France ?

– C'est loin d'ici, mais c'est quand même la France. Tu vas voir, les Boches y vont vite se sauver. Viens, on rentre à la maison. Y savent peut-être pas encore la bonne nouvelle.

Indignation du journaliste de la BBC relatant le massacre perpétré le 10 juin 1944, à Oradour-sur-Glane, petite localité de la Haute-Vienne par la division SS *Das Reich* qui remonte du sud-ouest vers la Normandie.

Tous les Juifs de la manufacture d'armes de Tulle ont été pris et pendus à des crochets de boucherie. C'est la chasse au métèque, à tout ce qui n'a pas « la tête de tout le monde ». L'atrocité aveugle, le mal pour le mal. Irrités par les attaques incessantes des résistants, par la défaite de leur armée qui, déjà, se profile, les SS se vengent. Tulle devient une ville morte dont les habitants se terrent.

Samuel ne retourne pas à la manufacture d'armes. La famille a peur et n'ose plus bouger du Chalard. Les Allemands fouillent les campagnes à la recherche de Juifs et de terroristes.

– Monsieur Samuel, monsieur Samuel !

Soutane aux genoux, le curé fait de grands signes.

– Monsieur Samuel, faut partir. Les Allemands arrivent !

– Par où ? Qui vous l'a dit ?

– La postière du Burg vient de me téléphoner.

Beaucoup de camions remplis de soldats. Ils ont pris la route de la Prodélie. On ne sait pas, mais c'est peut-être pour vous qu'ils viennent.

– On les voit, crie Charlie. Y sont presque arrivés au village.

Samuel et Adèle avaient prévu cette éventualité et sont prêts. Depuis longtemps, chacun d'eux avait, dans une ferme voisine, une cache où les attendaient une valise de vêtements, un peu d'argent et des faux papiers d'identité.

– Dépêchez-vous les enfants. Sauvez-vous.

– Merci, monsieur le curé.

– Ce n'est rien. Dieu vous garde. S'ils viennent ici, j'essaierai de les retenir un peu.

– C'est dangereux.

– Dieu est avec moi, ne craignez rien. Qu'il vous garde en sa sainte miséricorde.

Joseph et Henri dévalent la pente. Ils vont à la ferme des Baril.

– Attends, Henri, on va s'planquer pour voir passer les Boches.

– Papa va pas êt'content.

– On lui dira pas. Viens, colle-toi derrière c'buisson et, surtout, ferme-la.

Précédé de deux side-cars et composé d'une voiture légère où se trouve un officier, de six camions, dont quatre sont chargés de soldats, le convoi passe devant eux. La côte est rude, les véhicules roulent lentement. À l'arrière de chaque camion, une mitrailleuse est en batterie. Dès qu'ils sont passés, les gamins partent en courant, sans se retourner.

– Sont r'partis, dit le père Baril à la veillée. Sont v'nus là-haut, au village d'Yssandon, pour faire le plein de ravitaillement. Z'ont tout pris c'qu'y pouvaient. Sont pas v'nus pour vous, grâce à Diou. Salauds de Fridolins, nous ont tout d'même fait peur. Allez vous coucher. J'irai faire un tour au Chalard, d'main, au chant du coq. Si ça va, vous pourrez rentrer chez vous. Allez, les petiots, et la bonne nuit.

L'alerte a été chaude et plus que jamais la famille reste confinée dans la maison. Nul ne bouge dans le village. Les seules nouvelles proviennent de Radio-Paris ou de Radio Londres.

Joseph déplace ses drapeaux. Cherbourg, Caen, Falaise… Les fanions tricolores se rapprochent de Paris. Malgré l'interdiction, la poitrine gonflée et le regard républicain, le maire a chanté *La Marseillaise* devant le monument aux morts, le 14 Juillet.

– Si j'étais jeune, y a longtemps qu'j'aurais rejoint le maquis.

– T'es trop gros, m'sieur l'maire, lui dit Laffont, et pis faudrait d'abord qu't'enlèves la photo du maréchal Pétain de ton bureau.

– C'est obligatoire. Què qu'j'y peux ? Tu vas quand même pas dire que j'suis un collabo.

– Moi, j'dis rien. Pense qui veut.

– Salaud !

– Allons, intervient le curé. Allons, ce n'est tout de même pas le moment de se déchirer entre Français. La guerre n'est pas encore finie.

Ça discute ferme dans les rangs de la procession du 15 août. On vient d'apprendre le débarquement des Alliés en Provence, entre deux petits ports de pêche : Saint-Tropez et Sainte-Maxime. Joseph fonce dans sa chambre, se penche sur sa carte. Mais ces localités sont trop petites et elles n'y figurent pas.

Le 17 août, il épingle Orléans, et Chartres le lendemain. Le même jour commence l'insurrection pour la libération de Paris. Les résistants font voler en éclats les défenses allemandes. La 2e division blindée du général Leclerc arrive le 24 à 21 heures, devant l'Hôtel de Ville. Et, le lendemain, Paris libéré acclame le général De Gaulle.

Joseph a une nuit agitée. Il revoit « son » Paris, son école, ses copains, son square avec « n'a qu'une jambe », ses rues, ses échoppes, son quartier. Sa maison, sa chambre. Il pense à Myriam, qu'il n'a pas oubliée, et finit par s'endormir.

C'est la valse des drapeaux sur la carte de France de Joseph. C'est la ronde des généraux : De Gaulle, Leclerc, de Lattre de Tassigny, Einsenhower, Montgomery et tant d'autres. C'est aussi la danse des collaborateurs que les maquisards traquent partout, aidés par les résistants de la dernière heure qui ont caché sous le brassard des FFI la francisque de Pétain. Installés sur des tréteaux de fortune, les tribunaux jugent et condamnent à tour de bras et de sentence. Des têtes sont rasées, on trace des croix gammées sur les crânes de celles qui se sont soi-disant données à l'occupant.

*   *
*

– Aide-moi, mon oncle ! Y m'poursuivent. Y veulent me tuer.

Le visage raviné par la peur, Didier Noubeix vient chercher refuge au Chalard.

– Te v'là, l'clown. T'es pas reluisant à t'regarder dans c't'équipage.

– Sauve-moi.

– J'voudrais ben, mais j'suis pas sûr qu't'as choisi l'bon endroit.

– Mais tu as sauvé des Juifs. Dis-leur que j't'ai aidé, que j'les ai pas dénoncés.

Alerté par Anna, Charlie se précipite dans la cour, suivi de la famille.

– Tiens, v'là le salaud de milicien. Qu'est-ce que tu viens faire ? Nous arrêter, comme tu nous en as si souvent menacés ?

– Mais je l'ai jamais fait. J'vous aime bien, les Juifs, c'est comme les autres.

– T'as raison.

Charlie s'est approché. Sans un mot, il lui donne un coup de tête. Le milicien titube, tombe, se relève. Poings serrés, Charlie tourne autour de lui. Joseph ne l'avait jamais vu comme ça. Charlie redresse la tête. Enfin, il se bat au grand jour. Fini le temps de l'échine courbée, du dos rond. Il se bat au nom de tous ceux qu'on a séparés, torturés, assassinés.

Les adversaires roulent à terre. Didier Noubeix demande grâce. Charlie se relève, essoufflé mais souriant, comme libéré de la masse de plomb qui le paralysait.

– Déshabille-toi, ordure.

– T'es fou !

– Déshabille-toi ! Complètement à poil !

Charlie lui balance un coup de pied dans les côtes. Noubeix se retrouve nu comme un ver, les mains protégeant ses parties. Il est ensanglanté, la peur tord son visage et le fait uriner dans ses mains.

– T'as honte, hein. À combien de gens t'as fait ça ? Salaud d'merdeux ! Allez, avance !

D'une bourrade, il l'expédie à deux mètres.

– Allez, avance. Tiens, v'là mon pied dans l'cul pour qu't'ailles plus vite.

Il l'entraîne vers la fosse à purin, le précipite dedans.

– La merde, ça va avec la merde.

Aidé de Samuel, M. Painlevé tire Noubeix de ce mauvais pas.

– Tu sens bien mauvais, mon n'veu.

– Ramasse tes affaires, j'te conduis aux FFI, dit Charlie.

Mais Samuel s'interpose.

– Attends, Charlie.

Et à M. Painlevé :

– Vous êtes d'accord ?

– Laissez-lui la vie sauve. C'est quand même d'ma famille.

– Vous avez été bon avec nous. Pour moi, je suis d'accord. Et toi, Charlie ?

– C'est toi le père, c'est toi qui décides. Qu'y ramasse ses frusques et qu'y s'en aille tout de suite. Mais si je le retrouve sur mon chemin, j'réponds de rien, et il y aura personne pour me retenir. Bon, on n'a pas fini, viens avec moi, Joseph.

– Où allez-vous ? s'inquiète Samuel.

– Pas d'souci, p'pa.

Plus loin, sur les cailloux de la route qui mène à la Prodélie, Joseph questionne son frère.

– Où qu'on va ?

– On dit : où va-t-on ?

– M'en fous. Alors, où qu'on va-t-on ?

– À la mairie.

– Pour quoi faire ?

– Voir le maire.

– Ah ! Bon.

Derrière son bureau, M. Jannot est étonné de voir les deux frères entrer en trombe dans la salle.

– Le maire est là ?

– Qu'est-ce que vous lui voulez ?

– On veut l'voir.

– Je ne sais pas si…

– Moi, je sais.

Et Charlie ouvre en grand les battants de la porte du premier magistrat d'Yssandon.

– Qu'est-ce que c'est ? Ah ! C'est vous les p'tiots. Qu'est-ce qui vous amène ?

– On vient faire les comptes.

– Quels comptes ?

– Les 5 000 francs pour la lettre de Joseph que vous avez volés à mon père.

– J'les ai pas volés ! C'est ton père qui les a donnés à la commune.

– Sans reçu ?

– Ben, oui. Y en avait pas besoin.

– Montrez-nous les registres.

– Dis donc, t'es bien culotté. Tu veux que j'me lève ?

Charlie se plante devant le bureau, prend une règle.

– C'est comme vous voulez, m'sieur le maire. Mais quand j'en aurai fini avec vous, j'irai raconter l'histoire aux FFI. Faut pas oublier, qu'j'en ai fait partie.

– Oh là ! Pas de menaces.

Puis se radoucissant.

– Tu f'rais quand même pas ça. On vous a tout d'même aidés.

– C'est vrai. C'est pour ça que je vous casse pas la gueule. Mais ça a coûté cher à mon père. Alors, les 5 000 francs et vite.

– Mais, j'les ai plus.

– Faut les trouver.

– J'ai donné la moitié au père Mouton.

– Faudra y réclamer.

Sur le retour, Charlie donne les cinq billets à Joseph.

– Tiens, c'est toi qui les donneras à papa.

Charlie fait des grands pas, mais Joseph a grandi et le suit. S'il avait fallu courir, il aurait quand même suivi. Un frère comme ça, ça s'perd pas.

– Tiens p'pa. C'est l'argent de la lettre.

Samuel regarde Charlie, négligemment appuyé à la fenêtre.

– Adèle, viens voir ce que Char… Joseph m'apporte. Nous nous faisions du souci pour savoir comment payer le camion qui va nous ramener à Paris. Maintenant, tout va bien. Viens, Joseph, que je t'embrasse.

Et il cligne de l'œil vers Charlie.

XIII

IL RESTE ENCORE DES MORCEAUX de France à libérer, pourtant, Joseph enlève tous les petits drapeaux, et plie la carte qu'il range dans son cartable. Le camion qui va le ramener à Paris est déjà dans la cour. Le départ aura lieu le lendemain dès l'aube. Tandis que Charlie et Anna vont dire adieu à leurs amis, Joseph se rend à la ferme des Mouton en prenant garde de ne pas être vu du père.

– J'suis v'nu t'dire au revoir, Solange.

– Alors, tu r'pars pour Paris ?

– Ben ouais, avec la famille.

– Tu m'écriras, d'là-bas ?

– Ben ouais. Maint'nant, ça coûte plus rien. Mais je f'rai attention à ce que j'écris.

– On s'verra peut'êt'pu ?

– Si, on s'verra après la guerre. Je r'viendrai t'chercher.

Incorrigible Joseph, qui ne peut s'empêcher de

citer une phrase tirée d'un roman-feuilleton de magazine féminin. Il sait que ce qu'il dit fait plaisir et, en même temps, il est sincère. La gorge nouée, il fixe sa bonne amie. Ses yeux piquent un peu, mais il ne va quand même pas pleurer devant une fille.

– J'voudrais t'embrasser avant de partir.

– Moi aussi.

Maladroitement, les deux enfants scellent leurs lèvres un court instant. La main de Joseph s'attarde sur la poitrine naissante de Solange.

– Ça a un peu grossi.

* *
*

Le camion est chargé. Le gazogène dérange la douceur du petit matin. Monsieur le curé est là. Il est venu les bénir discrètement et leur dire adieu, comme sont venus les Laffont, les Baril, Firmin et Solange, Mireille et son mari. Monsieur Jannot est là aussi, pour saluer son meilleur élève. Le maire, lui, n'a pas osé.

Les dents de la boîte de vitesses grincent, le camion s'auréole de fumée. Adèle et Anna sont devant, près du chauffeur. Les quatre hommes de la famille à l'arrière, au milieu des bagages, des provisions de route, du ravitaillement pour tenir, au moins au début, dans le Paris des restrictions ; des cages à poules, à lapins qui, déjà, dégagent une odeur forte. L'arche de Noé s'ébranle au moment où le soleil se lève sur le Limousin. Monsieur Painlevé ouvre la grille qui grince une dernière fois. Le curé trace le signe de croix auquel Samuel répond par un signe de la main, en approuvant d'un hochement de tête. Au garde-à-vous, Jannot salue militairement. Accrochée au bras de son mari, Lucette Laffont essuie une larme. Firmin et Solange courront jusqu'au noyer de Kazan.

Chacun s'absorbe dans ses pensées, devant le film de ses souvenirs. Le Chalard est déjà loin. Ils sont partis.

Prochaine étape : Paris, qu'ils atteignent en deux jours. L'appartement est occupé, ainsi que l'atelier de Samuel. On les héberge dans un petit appartement du 9e arrondissement.

Joseph tient deux jours, puis retourne dans son ancien quartier. Rien n'a changé. Il passe devant sa maison dont les volets sont ouverts. Piqué par la curiosité, il entre dans l'immeuble. Les concierges sont absents. Il regarde à travers la vitre de la porte-fenêtre : le dessus de cheminée est toujours là. Il monte et sonne à la porte.

– Oh ! Pardon, madame. J'me suis trompé.

Il a eu le temps de remarquer les meubles nouveaux. La gorge serrée, il redescend quatre à quatre. La boulangère du coin est toujours à sa caisse. Il passe vite devant chez le marchand de bois, qui n'est pas là, mais de toute façon, il n'en a plus peur. Au café-tabac, il tourne à gauche dans la rue du Forez. Les portes de la blanchisserie sont grandes ouvertes. Le cordonnier est à son poste. Joseph pousse la porte. L'artisan le regarde, se lève sans un mot, avance vers lui et le prend dans ses bras pour l'embrasser très fort. Sa barbe pique les joues de Joseph qui sent en même temps une larme s'écraser.

– Yossélé, c'est toi ? Quel bonheur, quelle joie !

Avec un fort accent yiddish, il appelle sa femme, petite, ronde au visage de sainte. Malgré le rationnement, Joseph doit manger un gâteau sec de sa fabrication. Il doit aussi tout raconter.

– Attends, Marcel va arriver. Attends, je vais voir dehors.

De fait, son fils est dehors avec Roland, le fils du boucher, avec Charles dont la mère a rouvert sa petite épicerie de la rue de Picardie, et avec Charlie venu voir ses copains. Ensemble, ils sont allés au café, en face du carreau du Temple, pour reprendre leurs patins à roulettes. Hélas, ceux-ci ont disparu.

– De toute façon, y s'raient trop petits maintenant, dit Charlie en entraînant le groupe vers la rue Béranger, jusqu'à l'école. Fermée, les cours ne reprendront que dans quelques jours. Ils sonnent, le concierge ouvre.

– Non, on n'a pas de nouvelles de M. Angelucci.

Tout c'que je sais, c'est qu'il était prisonnier et qu'il n'est pas encore revenu.

Les grands vont voir à la Répu si d'autres copains sont rentrés, mais Joseph préfère aller au square du Temple.

Le panneau « Interdit aux Juifs » a été arraché. Il ouvre le battant grillagé qui claque sèchement derrière lui. Il regarde le tas de sable où il a joué si souvent, et avance vers le kiosque pour en faire le tour. Il se sent tout à coup trop grand pour rester là. Au moment de partir, « n'a qu'une jambe » vient à sa rencontre.

– Dis donc, je te connais.

– Oui, m'sieur, vous m'connaissez. Même qu'une fois vous avez voulu me donner des billes parce que j'avais pas l'droit d'rentrer dans le jardin. C'était avant la guerre, quand j'étais petit.

– Oui, oui. C'était il y a longtemps. Avant la guerre. J'me rappelle pas bien. Ma mémoire me joue des tours. Allez, au revoir petit.

– Au r'voir, m'sieur.

Depuis qu'il est dans le quartier, Joseph a retardé le moment d'aller rue des Filles-du-Calvaire pour voir si Myriam est de retour. Maintenant, il est devant l'immeuble mais n'ose pas entrer dans la cour. Finalement, il se décide et regarde les fenêtres. Il a un coup au cœur, les volets sont ouverts.

– Myriam ! Myriam !

Elle va apparaître à la fenêtre, le reconnaître, descendre en courant. Il en est sûr.

– Qui c'est-y qui fait c'tintamarre, c'est toi, l'gamin ?

Joseph reconnaît la concierge.

– Oui, m'dame, c'est moi. Vous savez pas si Myriam est là ?

– Attends.

Elle réfléchit, fouille dans sa mémoire.

– Dis donc, tu serais pas par hasard le p'tit copain d'la Myriam. Attends, t'es Joseph. Pas vrai ?

– Oui, m'dame. C'est moi.

– T'es en vie ! Bien, j'suis ben contente. Tu viens encore pour la Myriam.

– Oui, m'dame. Elle est là ?

– Non. L'est pas revenue. Ni sa famille. Quelle pitié ! Y r'viendront pas, probable.

– Mais, les volets sont ouverts ?

– Y a quelqu'un d'autre dans le logement. Faut pas être triste. Joseph, t'es ben jeune.

– Oui, m'dame. Faut pas être triste. Au r'voir, madame.

Il s'en va. Avant de passer le porche, il se retourne, regarde encore une fois les volets ouverts. La fenêtre s'ouvre, Myriam lui apparaît. Son regard est inexpressif. Sa bouche s'ouvre, mais elle crie un nom que Joseph n'entend pas. Il sent qu'elle l'appelle. Il se frotte les yeux. Elle a disparu. Il part en courant.

Un nouveau lycée, mais à Paris cette fois, accueille Joseph. Le lycée Turgot, grande bâtisse ouvrant ses multiples fenêtres sur la rue Turbigo. Rentrée des classes en octobre 1944 pour tous : chrétiens, musulmans, juifs. L'école de la République ne fait plus de différence entre ses citoyens. Chacun y parle de la guerre, narre ses aventures ou enjolive son histoire. Les clans se forment. Il y a les fils de prisonniers dont le père est toujours en captivité en Allemagne, mais qui gardent l'espoir de le revoir, à l'inverse des nouveaux orphelins pour faits de résistance, ou de collaboration. Il y a ceux qui se taisent, déambulant souvent seuls dans la cour. Simon est de ceux-là, observant un mutisme farouche que seul peut briser un professeur en l'interpellant directement. Il habite le 9e arrondissement et prend souvent le métro avec Joseph.

Une fin d'après-midi, ils se retrouvent côte à côte sur la même banquette.

– T'as entendu les nouvelles ?

Pas de réponse. Joseph insiste.

– Tu sais que les Amerloques ont pris Aix-la-Chapelle ?

Toujours pas de réaction. Joseph continue.

– C'est la première ville que les Ricains occupent en Allemagne. Y vont bientôt pouvoir libérer les prisonniers.

Un éclair passe dans les yeux de Simon, aussitôt ternis.

– Trop tard.

– Quoi, trop tard ?

– Trop tard pour mes parents. Ils ont été déportés à Auschwitz en 1943. Je suis sûr qu'ils sont morts. Je descends là.

– Mais non. C'est pas ta station. C'est pas là.

– Je sais.

Joseph le perd de vue quand la rame s'enfonce sous le tunnel. La boule dans son ventre, qu'il croyait à jamais disparue, resurgit. Mais différente. La peur dont elle se nourrissait a laissé la place à un mélange de colère, de haine, de tristesse, de pitié. Cette bouillie informe s'oppose à une autre vision : lui le veinard, le chanceux, vient de croiser la route de celui qu'il aurait pu être. Tant mieux si lui et les siens ont traversé cette épreuve et en sont sortis indemnes. La mort de l'un d'entre eux n'aurait pas empêché le drame de Simon. Joseph comprend que, face aux Simon, il devra avoir la pudeur de sa chance.

Samuel a récupéré son atelier et travaille d'arrache-pied, aidé par Adèle. La famille a retrouvé son appartement. Le dessus de cheminée est revenu dans leur salon. Charlie se rase presque tous les jours et s'habille à la « zazou », tandis qu'Anna, plus jolie que jamais, martèle le plancher de ses chaussures à semelles de bois. On dirait une artiste de cinéma, pense Joseph devant la photo de sa sœur, signée bien sûr Harcourt. C'est maintenant au tour d'Henri d'aller à l'école de la rue Béranger. Monsieur Angelucci n'est toujours pas rentré.

Joseph est consigné dans sa chambre pour cause de gale. Il a dû attendre plusieurs heures à l'hôpital Saint-Louis, tant cette affection y avait amené de monde. Les infirmiers l'ont badigeonné des pieds à la tête d'un liquide sulfureux. Son corps est en feu. Pour oublier et passer le temps, il écoute les derniers disques de Charles Trenet, ou du jazz américain, ou encore Django Reinhardt et le Quintette du Hot Club de France.

L'an 1945 commence bien pour le rugby. Les Français battent les Anglais par 21 à 9, sous les yeux de Charlie et Joseph venus à Colombes applaudir le quinze de France, car ils sont maintenant des aficionados de ce sport, roi en Corrèze où ils l'ont si souvent pratiqué.

À l'occasion de la visite à Paris de lady Baden Powell, veuve du fondateur du scoutisme mondial, les scouts de toutes confessions défilent de l'Étoile à la Concorde. Joseph est sur le parcours. En tête, les louveteaux suivis par les scouts au chapeau de ranger, eux-mêmes talonnés par les « routiers ». Ils sont tous là, catholiques, protestants, athées, les israélites aussi, mais en plus petit nombre. Ces derniers portent haut un fanion bleu gansé de blanc, frappé des deux lions de David. Joseph marche, s'insinuant dans la foule pour rester à leur niveau. Il s'arrête en même temps et repart à leur signal. Après le défilé, les Éclaireurs israélites de France se regroupent dans le jardin des Tuileries. Joseph vient de trouver ce qu'inconsciemment il cherchait : la reconnaissance de son identité au sein d'un groupe.

– Pardon, m'sieur. Comment qu'on fait pour être scout ?

– Ce n'est pas compliqué. Il faut seulement s'inscrire.

– J'veux bien.

– Tu es juif ?

– Oui, m'sieur.

Joseph est fier de pouvoir le dire sans baisser la tête.

– Tes parents sont vivants ?

Question dure, mais normale en ces temps de malheur qui amputent les familles. Elle fait mal au gamin qui pense aussitôt à Simon.

– Oui, m'sieur.

– Tant mieux. Tu demanderas leur accord par écrit. Mais, si tu le veux, tu peux rester avec nous aujourd'hui.

– Oui, m'sieur. Merci, m'sieur.

– Appelle-moi Pélican, c'est mon totem, pas m'sieur. Ne bouge pas, je vais te présenter au chef de la troupe Josué. Cobra ! Viens voir, j'ai une recrue pour toi.

*   *
*

Joseph ignore comment les choses se sont passées entre ses parents et les concierges. Toujours est-il que Samuel ne sort plus les poubelles à l'aube. Le gardien a repris son travail, sa femme est redevenue on ne peut plus aimable ; à tout bout de champ, c'est « bonjour madame », « merci madame ». Nul doute que ses parents ont « remis les pendules à l'heure » et que ça a dû barder. Non seulement Joseph n'a plus peur de la concierge, mais il la hait. À tel point que, ce soir, il a décidé de lui réserver une surprise.

Il est 21 heures. Le cheveu en bataille, blême de colère, la concierge en fureur sonne rageusement.

– Qui c'est qu'a vidé toutes les ordures devant ma porte ? Ça s'rait pas un d'vous, par hasard ?

Le ton monte. Joseph s'éclipse et, depuis sa chambre, regarde la scène par la porte entrebâillée.

– Z'auriez pas dû revenir. Les Allemands y z'en ont pas tué assez.

Ça claque si fort sur les joues de la mégère qu'Adèle en a mal aux mains. Une magistrale paire de gifles a fait jaillir des larmes sur le visage déformé par la surprise et la douleur de la cerbère dont le chignon vient de rendre l'âme.

– Je ne veux plus jamais entendre ce que vous venez de dire. Plus jamais ! Vous voulez qu'à mon tour j'aille au commissariat vous dénoncer comme collaboratrice ? Fichez le camp. Allez ramasser les ordures, vous allez bien ensemble !

Derrière sa porte, Joseph jubile ; elle n'a eu que ce qu'elle méritait, cette sorcière, pense-t-il.

– Viens un peu ici.

– Oui, maman.

– C'est toi qui as fait ça ? Pourquoi ?

– Parce que, quand y avait les Boches, elle a obligé papa pour les poubelles. J'me suis vengé, mais j're-commencerai plus. Quand même, c'est bien fait pour elle.

Dimanche sans scoutisme. Samuel doit aller à Brunoy avec grand-père et projette d'emmener Henri et Joseph. Le départ est prévu pour après déjeuner. En attendant, Joseph traîne dans le quartier. Passant devant la cordonnerie, le père de Marcel lui fait signe d'entrer. Sur une planche en bois, il hache menu des foies de volaille, des oignons et des œufs durs.

– C'est quoi qu'vous faites ?

– Du *guehakt leïbé*. Si tu préfères, du foie haché. Attends deux minutes, je te fais goûter.

– Elle est belle, vot'bouteille, dit Joseph, désignant une carafe qui s'évase gracieusement en quatre fins goulots et dont un compartiment contient du liquide pailleté d'or.

– T'en veux un peu ? C'est du schnaps. Je le fais moi-même. Tu vas voir, c'est bon avec le *leïbé.*

L'alcool qui pique un peu – mais avec l'eau-de-vie du père Painlevé, il est rodé – plus la tartine de foie haché, Joseph se régale.

– C'est bon, hein ?

– Ah oui, m'sieur, c'est bon.

– T'en veux encore une goutte ?

La porte du magasin s'ouvre alors sur la mère de Marcel qui s'exclame.

– Mais qu'est-ce que tu lui fais boire ?

– Rien. Juste un peu de schnaps. D'abord, il aime ça et, en plus, c'est déjà un homme. Pas vrai, Yossélé ?

– Oui, m'sieur.

* *
*

L'arbre d'Henri a grossi et grandi. Si l'on en juge par les boules qui garnissent ses branches, il donnera beaucoup de fruits cette année. Samuel creuse à son pied.

– Tu es bien sûr que c'est là ? demande le grand-père.

– Mais oui. Ne t'inquiète pas.

Que peuvent-ils bien faire, se demande Joseph. Y vont tout de même pas déterrer le pêcher d'Henri.

La pelle heurte un objet dur. Samuel creuse maintenant avec précaution et bientôt retire du trou un petit sac. Il en desserre le lacet et montre le contenu à grand-père. Joseph a juste eu le temps de voir l'éclat de pièces d'or. Au retour, il questionne son père.

– C'est quoi le sac avec les pièces ?

– C'est une précaution. Quand nous sommes partis en zone libre, nous avons caché de quoi vivre si nous revenions.

– Et si on n'était pas revenus ?

– Nous n'en aurions plus eu besoin. L'or aurait servi d'engrais au pêcher d'Henri.

Les EIF, comme les autres jeunes des mouvements scouts, prennent des tours de garde dans les gares parisiennes pour aider à l'accueil des prisonniers et des déportés. Une immense foule de femmes, d'hommes, d'enfants, de parents, d'amis, envahit les quais. Chacun attend, espère le visage qui a tant manqué. À la descente du train, les déportés se dirigent vers les infirmières de la Croix-Rouge. Ils portent encore le costume rayé qui flotte autour d'eux. Certains ont sur la poitrine l'étoile naguère infamante, devenue le signe des martyrs. Leurs joues sont creuses, leur regard vide d'expression. Quelques-uns réussissent à grimacer un sourire, découvrant des mâchoires édentées. Ceux qui n'ont pu supporter le voyage sont discrètement emportés vers une chapelle ardente improvisée. Les curés bénissent, les rabbins psalmodient. Un homme en pleurs sort soudain de la foule, bouscule clergé et rabbinat.

– Partez ! Il n'y a pas de place ici pour un Dieu qui a laissé faire tout ça.

Le silence entoure la funeste procession. On s'écarte devant ces miraculés revenus de l'enfer. Les scouts s'approchent, prennent le bras d'un homme, d'une femme qu'ils dirigent vers un stand où ils pourront s'asseoir, boire, se reposer, avant de donner leur nom pour que soit complétée la liste des survivants. Ensuite, l'infirmerie leur délivre les premiers soins. Mais qui pourra jamais soigner leur mémoire ?

Soudain un cri dans le hall. « Moshé ! » Une femme fend la foule, court, trébuche, se relève. « Moshé ! » Un pyjama rayé s'arrête net. Il a entendu son nom. La femme se précipite, elle a reconnu son mari qui la regarde maintenant courir vers lui. Il veut crier mais seul un râle s'échappe de sa bouche. « Sonia ! » Il répète le nom pour lui-même, comme si souvent là-bas. « Sonia, Sonia, Sonia », soupire-t-il enfin. Le temps s'est arrêté. La course de l'un vers l'autre dure une éternité. Elle le prend enfin dans ses bras. Fragile comme un roseau, il ne peut que sourire à travers ses larmes.

Joseph et la déportée qu'il soutient se sont arrêtés un instant.

– Venez, madame. Vous aussi, vous allez retrouver votre mari.

– Non, je l'ai vu mourir là-bas. Peut-être me reste-t-il un fils ?

– Venez, appuyez-vous sur moi. Je vais vous aider.

Épilogue

Quelques mois plus tard, l'Allemagne capitulait sans conditions.
Joseph reçut treize coups sur les fesses, plus un pour que ça lui porte bonheur. Ce jour-là, les hommes lui permirent de lire dans le Livre, de le porter à la vue de la communauté. Il devenait un homme parmi les siens en observant le rituel de la bar-mitsva.

Samuel pleurait de joie quand Joseph a lu sa *paracha*. Adèle, le foulard de dentelle encadrant son doux visage, avait un air grave. Derrière son sourire, Joseph savait qu'elle pensait à ses parents. Anna était accompagnée de son fiancé et Charlie de ses copains : Marcel, Charles, Roland, Paulo. Les joues bien rondes, Henri suivait Charlie pas à pas, tout comme le faisait Joseph à son âge. Grand-père, qu'on aurait cru sorti d'un livre d'images, priait, superbe malgré sa petite taille. Oncle Maurice et les autres dont M. Angelucci, enfin libéré mais malade, et les scouts de la troupe Josué. Simon était venu « pour voir ». Il y avait même deux soldats américains, en uniforme, que Samuel avait invités à participer au repas traditionnel qui allait suivre.

Quand le rabbin Papo se tut pour laisser chanter Joseph, la voix claire de l'enfant s'éleva. Aux paroles sacrées, le bar-mitsva ajouta sa ballade sur la Corrèze, à laquelle il associa Firmin et Solange, le père Painlevé, M. Jannot, les Laffont, les Baril et tous les autres… Il pensa à Myriam qui aurait été bien contente de le voir à l'honneur. Son chant se posa sur les ailes de Kazan qui l'emporta haut dans le ciel…

* *
*

Le temps a passé. Samuel et Adèle reposent en paix.

Henri parti trop jeune est près d'eux.

Joseph n'a plus jamais eu peur.

Dans la même collection

Les textes de la collection Terre de poche nourrissent la mémoire collective à travers des histoires fortes, des récits de voyage, des documents historiques ou des chroniques intimes.

AGUILLON Arlette
Le Puits aux frelons
La Maîtresse du moulin

ALIA Josette
Le Pensionnat

AMOUROUX Henri
La Vie des Français sous l'Occupation

ANGLADE Jean
Les Mains au dos

ARNAUT Robert
Les Corneilles blanches

AUBARBIER Jean-Luc
L'Honneur des Hautefort
Les Démons de sœur Philomène

AUCOUTURIER Alain
Le Milhar aux guignes

AUDIDIER Robert
Les Sentiers de traverse

AUJOULAT Noël
Le Village perdu

BARRAL René
Les Soleils de l'hiver
Un été cévenol

BËCK Paul
P'tit Paul

BELARD Paul
Moissons d'enfance

BERNIER Daniel
Camille, les terres meurtries

BESSON André
Folle avoine
La Grotte aux loups

BORDES Gilbert
Le Chat derrière la vitre

BOUCHARDY Christian
Le Fugitif de la Saint-Jean

BOUCHET Maurice
La Fille du pertuis
La Pierre au mercier

BOUDOU Josette
La Maison d'école
Les Grillons du fournil

BOURRET Johan
Dans la gueule du loup
Le Camp des loups
Sœur Charité

BOUSSUGE Micheline
Barthélemy le ferblantier
La Maison d'Anaïs

BRIAND Charles
De mère inconnue
Le Seigneur de Farguevieille

CABROL Laurent
L'Enfant de la Montagne noire
Le Crime de la Noël

CAPPEAU Marie-Nicole
Chantemerle

CASTELAIN Anne-Marie
La Promesse
Les Amours de Louise
Le Loup du marais

CHALAYER Maurice
Les Promesses du haut pays
Un buisson d'aubépine

CHAUVIGNE Jean
Le Secret de Marie

CLEMENT-MAINARD
Michelle
La Foire aux mules
La Fourche à loup
Marie-Mai

COLLIN Yvon
Journal d'un enfant de troupe

CORNAILLE Didier
Le Pays d'où je viens
Le Vol de la buse
Les Gens du pays

COSMOS Jean
La Dictée

D'ARCES Amicie
Les larmes des Polonaises

DE MAXIMY Hubert
La Rebouteuse de Champvieille
La Revanche du bâtard
Le Bâtard du Bois noir

DE MAXIMY René
La Ferme des neuf chemins
Le Puits aux corbeaux

DE PALET Marie
La Demoiselle
La Tondue
Les Terres bleues
Retour à la terre

DANA Jacqueline
La Partie de cartes
La Réfugiée de Saint-Martin

DECK Olivier
Cancans
L'Auberge des Charmilles
Les Chopines
Les Rumeurs du Gave

DEFAY Renée
Tes petits pieds dans la trace de mes sabots

DELAHAYE Pierre
La Messagère de l'aube

DELPASTRE Marcelle
Les Chemins creux
Cinq heures du soir

DODANE Michel
La Malédiction des Mouthier
Les Enfants de la Vouivre
Les Herbes noires

DOURIAUX Hugues
Le Clos des grognards
Le Temps des loups

DUBOIS Yvonne
Couleur de terroir
L'Ocarina rouge
La Vallée des cyclamens

DUCLOZ Albert
Les Dames blanches

DUFOUR Hortense
Ce que l'océan ne dit pas
La Fille du saulnier
Le Bois des abeilles
Le Bouchot

DUPORGE Bernard
Les pins de la discorde

DUPUY Daniel
Fontcouverte
Les quatre Jeudis

ECOLE-BOIVIN Catherine
Mimi Guillam,
cahier de vie d'une institutrice

EGEN Jean
Le Partage du sang

EXBRAYAT Charles
Rachel et ses amours

FAINDT Roger
Les Âmes simples

FARNEL Joseph
La Ballade du petit Joseph

FEUILLERAT André
La Clef des champs

FRONTENAC Yvette
L'Etoile rousse
La Demoiselle du presbytère

GAGNON-THIBAUDEAU Marthe
Au fil des jours
La Boiteuse

GALONI Pierre
La Fille du Pitaud
Le Pitaud

GAMARRA Pierre
Le Maître d'école
Les Enfants du pain noir

GAY Marie-Claude
Le Serment de Saint-Jean-de-Luz
Une famille bien comme il faut

GENEVOIX Maurice
Le Jardin dans l'île

GIMBERT Yveline
L'Oeil de l'auberge
L'Ombre des chênes

GLEIZE Georges-Patrick
La Vie en plus
Le Chemin de Peyreblanque
Le Destin de Marthe Rivière
Le Sentier des pastelliers
Le Temps en héritage

GRIFFON Robert
Au bonheur du pain
Le Bedeau de la République
Le dernier Forgeron

GUIHENEUF Vladimir
Mémoires d'un médecin de campagne

HEURTE Yves
Le Pas du loup

JAILLER Isabelle
La Ferme des hautes terres

JEANJEAN Roland
La Mort du loup

JEURY Michel
La Classe du brevet
Le Crêt de Fonbelle

JUDENNE Roger
Drôle de moisson
La Maison d'en face
Les bons Jours

JULIEN Henri
La Bâtisse aux amandiers

LAFAYE Claude
L'éblouissant Orage
La Maison de l'espoir

LARDREAU Suzanne
Orgueilleuse

LAURENT Jean-Paul
L'autre Montagne
La Ferme aux loups

LIME Jean-Hugues
La Chasse aux enfants

LIMOUZIN René
Les Cèpes de la colère

LOUTY Pierre
Léonard, le dernier coupeur de ronces
Les Fiancés de la Briance

MAGNON Jean-Louis
Les Belles du Midi
Les Hommes du canal

MALROUX Antonin
La dernière Estive
La Noisetière
Le Soleil de Monédière

MAMERE Noël
La Malédiction des justes
Le Combat des humbles
Les Forçats de la mer

MARNY Dominique/
GOUREVITCH Jean-Paul
Ne disons pas au jour les secrets de la nuit

MAZEAU Jacques
De l'autre côté de la rivière
La Ferme d'en bas
La Malédiction de Bellary
La Rumeur du soir
La Vengeance du loup
Le Pré aux corbeaux
Le Retour de Jean
Terre de sang

MERCADIE Louis
Marie Talabot, une Aveyronnaise dans le tourbillon du XIXe siècle

MOSCA Lyliane
Les Gens de Laborde

MOUCHEL Jean
Le Fils d'Hélène

PELISSIER Patrice
L'Ange et le loup

PERREVE Paul
La Burle
Les Galoches rouges

PEYRAMAURE Michel
Le Bonheur des Charmettes
Le Château de la chimère

PINCE Jacques
Le Goût du blé
Les Blouses grises

PLAIT Annie
Les longues Saisons

PLUCHARD Mireille
Halix de Bagard Dame de soie
Le Puits sans nom

POURRAT Henri,
L'OLAGNE Jean
Sur la colline ronde

PRORIOL René
Antoinette, une vie de femme en 1900

PUIJALON Bernadette
Le Moulin des retrouvailles

QUEREILLAHC Jean-Louis
La Moiss-batt
Rouge est ma terre
Trois sillons de terre rouge

RABUTEAU Pascal
Les Faveurs de Sophie

RIBES Georges
Les Gens de la vallée

ROSSET Jean
Les Porteurs de terre

ROUANET Marie
Apollonie

ROUIL Jacques
Les Rustres

ROUQUET Jean
L'Enfant de la borie

ROYER Roger
La Colombière

SABOURIN Pierre
La Terre des coteaux

SELO Joël
Les vieux Démons

SERIA Joël
Les Galettes de Pont-Aven

SOURY André
Le Pain blanc

SOYEZ Jean-Marc
Julia
La Tuile à loups

TABARY Philippe
Le Pays retrouvé

TAMAIN Louis
L'Encre violette
Le Temps de l'école
Médecin de campagne

TOUATI Claude-Rose
et Lucien-Guy
Une maison dans les herbes

TUAILLON-NASS Gisèle
L'Etranger alsacien

VAISSIERE Marie-Louise
Marie, fille de Cocagne

VALETTE Paule
Les Jours derrière
la montagne

VENTRE Julien
Julien, berger des collines

VERDIER Henri-Antoine
La Fille du bénitier
Les Lentilles vertes

VERRIER Michel
La Ferme des Pitaval
La Rivière aux secrets
Là où les chèvres sont
pires que les loups
Le Chien qui faisait peur
au diable
Le Mystère de Millepertuis

VIGOULETTE Daniel
Les Ombres du Léman

VINCENT Claude
Les Roses de l'hiver
Quatre pieds de terreau

VITTE Louis-Olivier
L'Enfant de la rivière
La Servante

XENAKIS Françoise
J'aurais dû épouser Marcel

ZIMMERMANN Daniel
Le Gogol